Anba Syèl Ble a

Jonel Juste

Editions Marginales pibliye liv sa a

ISBN : 979-8-9862368-4-1

DEDIKAS

M dedye liv sa a pou tout moun ki kwè demen ka pi bèl, flè ka soti nan wòch ak beton, Ayiti ka chanje. Pou tout moun k ap wè ane 2050.

LÒT LIV OTÈ A EKRI

Pwezi
Carrefour de Nuit, Paris, Les Editions Edilivre, 2012 (eBook)

Joseph, Prince d'Egypte, Miami, Kindle Direct Publishing, 2013

I loved you before I knew your name, Miami, Kindle Direct Publishing, 2019

Solèy, Solèy, Editions Marginales, 2020

Carrefour de Nuit, Miami, Editions Marginales, 2021 (Liv papye)

Astres et Désastres, Editions Marginales, 2022

Rèv Reve Reveye, Editions Marginales, 2025

Nouvèl
Trois fois passé là, Miami, Kindle Direct Publishing, 2019

The Watch, Miami, Kindle Direct Publishing, 2019

Tout Syèl la Klere, Editions Marginales, 2025

.

Esè

Haitian Hip Hop: From Top to Bottom, Miami, Jonel Publishing, Inc, 2019

Zanmi Angle, Editions Marginales, 2022

Resi:
Mémoire de Quarantaine, Editions Marginales, 2021

Antoloji
Ral,m Cahier No 8 Haiti, Paris, Le Chasseur Abstrait, 2009

So Spoke the Earth (Ainsi Parla la Terre), Miami, WWOHD, 2012

ENTWODIKSYON

"Anba Syèl Ble a" se yon seri istwa kout Jonel Juste ekri an Kreyòl. Se yon bann koze k ap dewoule toulejou anba syèl ble a, kote pèche latè de bra balanse ap fè e defè. Pami istwa sa yo gen "Tout Syèl la Klere", yon aksyon k ap dewoule nan ane 2050. Li dekri yon monn revolisyon wobotik ak entèlijans atifisyèl fin transfòme, sa ki gen kòm konsekans gwo chomaj ak plis inegalite ekonomik ak sosyal nan peyi devlope tankou Etazini. Van an vire, Ayiti li menm vin tounen yon peyi opòtinite ki atire imigran. Anpil nan nouvo imigran sa yo se blan k ap chèche lavi nenpòt kote yo ka jwenn ni paske lakay yo pa bon. Aleksann, yon doktè Ayisyen, ap retounen nan peyi li pou al travay Wanament, yon vil k ap devlope e ki chaje opòtinite travay. Eske Aleksann ap jwenn sa l ap chèche nan nouvo Ayiti a? Istwa sa a envite lektè yo reflechi sou lavni limanite ak sans pwogrè genyen.

"Anba syèl ble a" se yon liv malen. Jonel Juste entansyonèlman kreye yon konfizyon ant temwayaj ak fiksyon, kote limit ant reyalite ak imajinasyon vin flou. Se la entansite liv la chita : nan estrateji li. Chak narasyon se yon balans ant reyèl epi santiman, kote istwa yo pa ni twò kout ni twò long, jis ase pou bouskile lektè a.

Lè ou konnen otè a se tou yon jounalis, ou konprann pi byen fòs narasyon li yo. "Anba Syèl Ble a" gen ritm nouvèl, sansasyon repòtaj, ak limyè refleksyon pwofon. Se yon vwayaj ale mennen vini ant aktyalite, itopi ak rèv.

-**Jean Venel Casseus**

TOUT SYÈL LA KLERE

Nou nan ane 2050. Aleksann chita nan saldatant aryopò Boston (Logan International Airport) ap tann dènye avyon pou Ayiti pou jounen an. Aleksann pa pou kont li. Li pami 150 pasaje k ap pran vòl sa a. Pifò ladan yo pa Ayisyen, se blan. Sa fè l sonje peryòd 2010, apre gwo tranblemanntè a, lè avyon ki tapral Ayiti yo te gen plis etranje pase Ayisyen. Anpil nan etranje sa yo te vwayaje Ayiti pou chèche travay apre katastwòf la. Yo tapral jwenn djòb nan ONG ak òganizasyon entènasyonal tankou Lakwa Wouj, UNICEF, Oxfam, elatriye.

Yo rapòte nan epòk sa a, te gen anpil sanzabri ak chomeko ki te desann Ayiti pou al brase lajan èd kominote entènasyonal la te bay pou swadizan "rebati" peyi a apre tranblemanntè a te fini ravaje Pòtoprens kapital la ak kèk lòt zòn sou kote l tankou Kafou, Leyogàn, Jakmèl, Ti Gwav ak Gran Gwav. Youn nan etranje sa yo te menm temwaye sou jan li t ap fè gwo kòb Ayiti san li pa t ap regle anyen nan yon djòb ONG.

Apre tranblemanntè a, anpil lajan te bay pou ede Ayiti vre. Plizyè peyi te bay, gwo kou piti. Tout moun sonje mobilizasyon atis Ayisyen Wyclef Jean te fè nan Hollywood. Li te rasanble anpil sipèsta ki te swa bay lajan oubyen ede l fè levedfon. Yo te menm refè mizik "We Are the World" pou Ayiti. Etazini pou kont li te pwomèt $4 milya dola, san konte pwomès lajan òganizasyon tankou Lakwa Wouj, oubyen Nasyonzini. Men, kòm etranje yo pa t fè gouvènman Ayisyen epòk la konfyans, yo te vle pou se yo ki jere lajan an ankò. Pifò lajan an te pase nan men USAID, ajans devlopman Ameriken ann Ayiti a, òganizasyon entènasyonal, elatriye. Anpil etranje ki t ap vwayaje Ayiti yo se dèyè min lò sa a yo taprale.

Donk, blan an te bay lajan an vre men li te tou voye moun pa l al manje kòb la. Ayisyen menm te jwenn kèk ti kras manje ki te tonbe anba tab. Lajan an te soti nan yon men al nan yon lòt, epi anyen pa t regle pou Ayiti vre. Gen yon jounalis ki rele Jonathan M. Katz. Misye te ekri yon liv ki rele "The Big Truck That Went By: How the World Came to Save Haiti and Left Behind a Disaster" (Gwo kamyon an ki fin pase a: kijan lemonn te vin sove Ayiti epi kite yon katastwòf dèyè) pou montre kijan sa yo te rele lajan "rekonstriksyon" an te gaspiye. Liv sa a bay yon analiz detaye sou lajan èd yo te pwomèt Ayiti apre tranbleman an ak fason yo te souvan mal jere l.

Ayiti te fè plis pase 30 tan ap rakle apre

tranbleman an jisksake li te resi pran yon ti souf an 2035. Te gen yon gouvènman ki te monte e ki te retabli sekirite. Sa ki te pèmèt plizyè konpayi etranje al fè biznis Ayiti, bay Ayisyen ki te rete nan peyi enpe travay. Gen dyaspora tou ki te tounen Ayiti pou al devlope zòn pa yo. Genyen ki te bati lekòl, lopital, kreye tout kalte biznis. Leta Ayisyen te ouvri bra l pou resevwa yo, yo te bay yo mwens difikilte pou fè biznis. Gen anpil lajan ki te soti nan dyaspora a pou antre Ayiti. Antreprenè Ayiti yo tou te monte biznis nan plizyè domèn. Yo te relanse agrikili, remanbre pwodiksyon nasyonal la, yo te rebwaze peyi a, rebati zòn ki kraze, fè wout elatriye. Ayiti pat vin yon peyi rich ni devlope nan nivo Etazini men l te plizoumwen vivab epi moun te sispann kouri kite l pou al chache lavi lòt kote. Touris te rekòmanse al Ayiti ankò. Endistri touristik la te repati ak tout boulin. Paske menm lè Ayiti te gen pwoblèm, li te toujou rete yon bèl peyi ki chaje potansyèl.

Aleksann t ap reflechi sou tout bagay sa yo pandan l t ap tann avyon an. An 2010, pandan li t ap vin chèche lavi Etazini, gen yon bann blan ki yo menm t apral chèche lavi Ayiti, peyi Aleksann t ap kouri kite a (e yo te jwenn li!). Iwoni. Men, jodi a, Aleksann t ap monte menm avyon ak blan yo, e yo t ap vwayaje pou menm rezon. Yo tout t apral chèche travay. Fwa sa a, se pa t yon tranblemanntè ki te kraze Ayiti e ki te kreye opòtinite pou malfini je vèt yo. Rezon an se paske, nan lane 2050, te gen travay Ayiti tandiske Etazini travay te monte bwa.

Aleksann Dirandis sonje l te chita devan televizyon lakay li pandan l t ap tcheke telefòn li an menm tan. Se pandan l t ap monte desann sou Facebook li te wè yon videyo kote milyadè Elon Musk t ap prezante yon dènye wobo li te rele Optimus. Se te oktòb 2024. Bagay sa a te fè anpil pale anpil, paske wobo sa a, non sèlman li te sanble ak moun, men li te ka fè yon konvèsasyon nòmal paske yo te mete Entèlijans Atifisyèl ladan l. Anpil moun te sezi pou wè kijan wobo sa a te imite lavi. Li te diferan de wobo anvan yo. Se kòm si wobo sa a te gen nanm, emosyon, volonte, ak entèlijans. Yo te fè anpil moun sonje wobo ki nan fim "I Robot" aktè Will Smith te jwe ladan l lan. Yon konparezon ki te bay kè sote. Wobo yo te deklare lèzom se yon danje pou pwòp tèt yo e se te devwa yo pou kontwole lemonn… pou byen lèzòm. Yo te menm di se wobo ki nan fim nan menm Elon Musk te kopye.

Sa ki pirèd la, Elon Musk te anonse ke wobo sa a ka fè anpil travay moun konn fè. Li te di yo ka tounen konpay nan kay pou ede fè menaj, prepare manje, resevwa moun, oswa travay nan gwo konpayi tankou Amazon, kote yo ka leve bwat, mete pwodui nan bwat, skane pwodui, chaje yo nan kamyon, elatriye. Yo ka fè tout travay moun ka fè ak yon vitès terib, e yo p ap janm fatige ni poze.

Se te yon revolisyon wobotik ki te fè anpil moun kontan, men li te fè anpil lòt moun pè tou. Moun ki te kontan yo se te grannèg ki te ka achte yon wobo pou $30,000 dola pou mete lakay yo, oswa PDG gwo konpayi ki te ka ranplase pifò anplwaye yo ak wobo. Moun ki te pè yo se malere ak malerèz ki t apral pèdi djòb yo paske wobo sa yo te pi "entelijan" e pi rapid pase yo. Pa t gen konpetisyon menm. Anplis, wobo yo pa t bezwen touche pou travay yo, yo pa t bezwen ni konje oswa vakans. Kididonk avantaj bab e moustach pou mèt biznis men tèt chaje pou travayè.

Anpil moun te panse revolisyon wobo yo te vle di yo tapral atake moun, oubyen fè yo tounen esklav yo, men sa pa t janm rive vre. Yo te jis ranplase yo nan prèske tout bagay epi anpil moun te vin initil. Wobo yo pa t ap domine lemonn. Se moun ki te kontwole yo a ki te kache dèyè rido epi rale sou kòd yo metaforikman palan.

Sitiyasyon a te ogmante volim pil deba ki te deja genyen Etazini depi lè konpayi OpenAI te fin lanse yon pwogram ki rele ChatGPT nan mwa novanm 2022, e ki te demokratize konsèp Entèlijans Atifisyèl la. Menm si zafè Entèlijans Atifisyèl te egziste anvan sa, li pa t ko antre nan mès moun konsa, ni li pa t nan men tout moun kòm yon zouti pou travay chak jou. ChatGPT te fè anpil travay moun pa t panse yon pwogram enfòmatik oswa yon algorit te ka fè, sitou travay entelektyèl ki mande pou moun itilize sèvo yo oswa kreyativite yo. Pwogram sa a te menm pase egzamen pou vin avoka, ekri atik jounal, korije tèks, ekri powèm, fè desen, kreye imaj, ekri kòd enfòmatik, elatriye. Se menm Entèlijans Atifisyèl sa a Elon Musk te mete sou wobo li a, Optimus.

Gwo deba te kontinye ap fèt nan sosyete a sou plas wobo yo, sitou nan zafè travay. Anpil moun t ap mande sa k pral pase lè wobo fin ranplase tout travayè. Eske sa p ap lakoz anpil chomaj? Si gen chomaj, ki moun ki pral konsome pwodui, achte kay ak machin? Wobo? Gen moun ki te pwopoze pou yo bay chak moun yon ti kòb pou kenbe nan men yo, yon grapday pou yo ka kontinye achte, konsome, yon fason pou sistèm kapitalis la pa fin tonbe nèt. Wobo pa konsome anyen (sof kouran petèt); se pwodwi yo ka pwodui kontrèman ak moun ki ka pwodwi ak konsome an menm tan.

Soti 2024 rive 2050, swa 26 zan apre Elon Musk te prezante yo a, wobo tankou Optimus yo pa t timoun ankò, yo te vin granmoun, si n ka di sa konsa. Entelijans yo te pi avanse epi yo te sanble ak moun pi plis chak jou. Yo te aprann kopye konpòtman moun, e nan anpil domèn, yo te depase nou.

E sa anpil moun te pè a te rive. 60% nan travay Etazini, se wobo ki t ap fè yo. Pifò moun te chomeko nan peyi a. Youn nan ra fason pou yon Ameriken te jwenn travay se te swa pran djòb adistans (si yo ka jwenn paske sa te vin difisil anpil) oswa imigre nan lòt peyi kote kèk travay te toujou egziste oubyen wobo potko fin pran yo. Espwa travay anpil moun Etazini te chita sou peyi soudevlope kote te toujou gen travay pou moun fè ak men oubyen sèvo. Baton imigrasyon an te chanje bout. Kounye a, se moun peyi rich ki tap chèche lavi nan peyi ki mwens avanse ekonomikman e ki pa gen twòp wobo ladan yo.

Bagay yo te rèd. Etazini te vin tankou Japon, youn nan premye peyi kote revolisyon wobotik la te eklate. Nan lane 2015, te gen yon "otèl-wobo" ki te louvri Japon. Li te rele "Henn-na Hotel," e se te premye otèl nan lemonn ki te gen wobo sèlman k ap travay la kòm anplwaye. Otèl sa a te chita nan vil Nagasaki, e li te sèvi ak wobo pou fè travay tankou resevwa moun, pote malèt, bay enfòmasyon, eksetera. "Henn-na Hotel" te vin popilè poutèt sa. Sèl moun yo te anplwaye se te kèk teknisyen oswa moun pou fè kèk travay konplèks wobo yo pa t ka fè. Nan kòmansman ane 2000 yo, otèl sa a te yon egzanp enpòtan sou fason otomatizasyon ak entèlijans atifisyèl t ap antre de pye long nan endistri otelye a.

Nan mitan 21e syèk la, de bagay te pase. Premyeman, pa t gen moun ki t ap travay nan "Henn-na Hotel" ankò. Entelijans Atifisyèl te tèlman avanse ke yo te ka fè travay konplèks yo kounye a. Yo te tèlman vin "entelijan" ke youn te ka repare lòt lè yo tonbe anpàn, donk yo pa t bezwen teknisyen yo ankò. Dezyèm bagay ki te rive: anpil otèl te tounen "Henn-na Hotel." E se pa t Japon sèlman, men nan plizyè peyi devlope tankou

Anglatè, Koredisid, Lafrans, Itali, Afrikdisid, Nijerya, Wannda, Kanada, e sandout Etazini. E se pa t otèl selman. Anpil biznis ak enstitisyon te vin wobotize, Optimize, atifisyalize, kit se lekòl, lopital, oubyen gwo konpayi pwodui ak sèvis. Gen konpayi ki te anplwaye mwatye moun mwatye wobo, genyen ki te genyen twaka wobo, genyen se te wobo nèt.

Nan lopital kote Aleksann t ap travay (li se yon doktè), yo te revoke pifò anplwaye, kòmanse sou enfimyè rive sou medsen, administratè, kontab…. Se prèske wobo ki fè tout bagay. Aleksann te pase pami lafoul e se rezon sa a ki fè l t ap tann avyon sa a nan Logan Airport, Boston. Chans pou li, li te gen yon zanmi Ayiti ki di l yo bezwen doktè nan yon lopital yo te fèk ouvè Wanament. Yo te di yo bezwen yon Ayisyen ki gen konpetans ak eksperyans li. E sa ki pi enpòtan, yo pa nan wobo. Donk, Aleksann tapral Ayiti ak anpil espwa.

Aleksann te chita nan avyon an, li t ap gade nan fenèt la. Li te fin fènwa deyò a. Li t ap gade lòt avyon k ap dekole ak sa k ap ateri. Bagay yo te chanje depi lè li te rive Etazini nan ventèn li. Te gen plizyè lòt Ayisyen ki te vin avè l. Yo t ap kite Ayiti, yon peyi ki sanble t ap desann nan yon twou san fon. Yo pa t wè avni. Kounye a, se te diferan. Se Ameriken ki tapral chache lavi Ayiti pa bann e pa pakèt. Yo menm rakonte gen yon bann blan Florid ki te pran bato al Jakmèl. Bagay sa a te fè gwo eskandal. Se te premye fwa Ayisyen te tande blan pran kanntè pou al ateri Ayiti. Blan sa yo genlè te tèlman pòv yo pa t gen lajan pou achte tikè avyon, oswa yo pa t gen paspò. Gen yon epòk kote anpil Ameriken pa t wè nesesite pou gen paspò, yo pa t wè nesesite pou kite Etazini pou imigre, se lòt moun ki te konn imigre lakay yo. Epitou lè blan te konn ale Ayiti sou lanmè, se te sou gwo bato kwazyè ki t al Labadi. Yo pa t pran kanntè. Men bagay yo tèlman rèd kounye a, yo oblije fè menm wout Ayisyen yo te konn fè yon epòk, lè yo te riske lavi yo sou dlo, bay reken manje yo.

Pandan Aleksann te chita nan avyon an, li t ap tande kèk blan k ap fòse pale Kreyòl. Li te souri. Genyen ki t ap fòse vre, men gen lòt ki te fè mwens efò. Kreyòl la te pi likid nan bouch yo. Sanble blan sa yo te konn ale Ayiti souvan oswa yo te konn swiv Ayisyen sou Entènèt, sou rezo sosyal yo. Gen yon blan menm ki te gen yon emisyon sou YouTube an Kreyòl. Aleksann gentan wè blan sa yo pral ba l pwoblèm Ayiti paske yo pral fè l konpetisyon nan zafè travay. Erezman, Aleksann pa t janm dekonekte ak Ayiti. Li pa t fè tankou kèk Ayisyen ki, depi yo pile tè Ameriken, te pran poz yo pa t Ayisyen ankò, oubyen Kreyòl la lou nan bouch yo. Gras ak Entènèt la, Aleksann te toujou konnen sa k ap pase Ayiti, li te kenbe kontak ak ansyen zanmi l yo, e se youn nan zanmi sa yo ki te ede l jwenn travay nan lopital Wanament lan.

Lè avyon an t ap pare pou dekole, yon vwa te mande tout moun pou etenn telefòn yo epi tache senti sekirite yo. Otès yo t ap monte desann pou verifye si tout moun te byen chita, men jan yo t ap deplase byen rèd la, ou te santi yo pa t moun. Se te dènye jenerasyon wobo ki te pi andwoyid pase tout lòt modèl anvan yo. Yo te sanble ak sa yo te rele "sibòg" nan fim lontan yo. Kanta avyon an limenm, li te totalman sou pilotaj otomatik. Vwa ki t ap pale a te jis sistèm konmpitè santral avyon an, se pa t yon moun.

Lè avyon an fin monte, Aleksann t ap gade limyè vil Boston yo klere anba a. Yo te bèl, menm jan ak premye jou li te rive Etazini. Li te vini kèk mwa apre tranblemanntè 2010 la, epi li te fè eskal Mayami anvan li rive Boston. Se te premye fwa li te vin Etazini. Li te gen anpil rèv. Li pa t janm imajine yon jou peyi a t ap vin nan eta sa a.

Lè l te rive an 2010, li te desann lakay yon matant li. Premye jou yo, yo te resevwa l ak anpil chalè. Yo te mennen l nan "mall" (sant komèsyal), nan restoran... Lè sa a Aleksann te touris, li t ap dekouvri peyi a. Men apre faz lindemyèl la fin pase, kòm li pa t touris ankò, yo te tanmen ba l presyon pou l jwenn yon travay epi lwe pwòp chanm li, paske kay matant li te piti epi te gen anpil moun ladan l. Matant te gen senk timoun ki te lekòl toujou, plis yon kouzen ki t ap viv nan kay la. Aleksann te oblije dòmi sou kanape a. Yo pa t vle mete l deyò poutèt fanmi Ayiti, men yo te fè l konprann klèman li ta dwe kòmanse degaje l, bay dèyè l de tap.

Aleksann te plis konsantre sou rèv li pou l kontinye etid li epi fini metye li te kòmanse Ayiti a, ki se te medsin. Li pa t vle pran yon djòb ki ta anpeche l al lekòl. Men li te byen wè fò l te degaje l travay paske chay la te lou sou do matant. Li pa t vle vin mete sou li. Premye bagay li te fè, tankou tout nouvo imigran, se te al lekòl pou aprann angle, ak objektif pou l kontinye etid inivèsite l pita.

Aleksann te yon bon elèv, entèlijan, e li te toujou pare pou ede moun. Sa te ede l fè zanmi nan lekòl la, kit se ak pwofesè, kit se ak lòt elèv. Sa te louvri pòt pou li. Yon jou, li te jwenn yon ti travay nan bibliyotèk lekòl la. Sa te pèmèt li lwe yon chanm epi soulaje matant li. Apre li te fin pran kou Anglè a, Aleksann te al etidye pou vin teknisyen laboratwa. Sa a se te yon pwogram ki pa t pran anpil tan (1 an) e ki te pèmèt li jwenn travay rapid. Sa pa vle di li te bay medsin vag, men li te bezwen lajan, paske ti kòb li t ap touche nan lekòl la pa t ka peye tout bil li. Anplis, sa t ap pèmèt li jwenn yon djòb nan yon lopital epi pèmèt li gen yon pye nan sistèm medikal la.

Lè Aleksann te pare, li te rekòmanse etidye medsin ankò. Aleksann te fini etid li epi gradye an 2030. Apre sa, li te jwenn travay kòm yon medsen jeneralis nan yon lopital kominotè. Se pandan li t ap travay la li te rankontre Janin, ki te vin konsilte li pou yon maltèt ki pa t ka rete. Aleksann te byen pran ka Janin. Misye te tèlman pran swen malad la byen, manzè te kontinye konsilte doktè a menm apre maltèt la te fin pase. E se konsa yon relasyon te vin devlope jiskaske yo te marye an 2032. Aleksann ak Janin te gen de timoun: yon tifi ak yon ti gason. Nan moman Aleksann te nan avyon an, tifi a te gen 18 zan, epi ti gason an te gen 14 zan.

Madan Aleksann t ap travay nan yon konpayi kòm avoka sibènetik, yon tèm yo te envante pou dekri avoka k ap defann koz ki enplike moun ak wobo oswa wobo ak wobo. Janin te gen yon asistan ki te yon wobo, e pi gwo krent li se te pou aparèy entèlijan sa a pa pran plas li epi voye l nan chomaj, tankou sa te rive kèk zanmi l. Tankou sa te rive mari l ki kounye a t ap pase jounen l nan kay la ap gad televizyon, tandiske bil yo t ap monte pil sou pil. Lè de lajan t ap antre nan kay la, peye bil te pi fasil. Kounye a, ak Aleksann ki chomeko, tout chay bil yo tonbe sou do malerèz la. Manzè te oblije lage de gidon nan kò Aleksann pou l jwenn yon lòt travay paske bagay yo te rèd. Aleksann, kèk mwa apre revokasyon l, te konn foure men nan ekonomi l pou l peye kèk bil. Men kounye a, lajan sa a te fini, e pa gen anyen ki te ranplase l. Se pa ke Aleksann pa t ap chache travay, men pifò travay li te ka fè yo pa t disponib. Sa ki te disponib yo, li pa t ka fè yo. Travay sa yo te nan domèn wobotik, epi se sèlman ti jeni ki te ka jwenn yo. Aleksann pa t yon ti jeni — omwens, pa nan domèn sa a.

Aleksann t ap pran imilyasyon nan kay la paske l pa t ap fè lajan. Menm timoun li yo t ap imilye l paske yo menm yo t ap fè lajan sou rezyo sosyal yo nan kreye kontni. Zafè kreyasyon kontni an se yon biznis ki te fin pran chè an 2050, tout moun te lage ladan l. Men Aleksann pa t santi l gen kouraj ni talan pou l a p fè videyo pou Jinga, gwo konpayi chinwa ki te ransanble yon bann rezo sosyal tankou Meta, YouTube, Tiktok ak OnlyFans. Pa t gen anyen moun yo pa t fè pou lajan Jinga sa a. Paske anpil ladan yo pa t ap travay, Jinga se yon mwayen pou yo rantre lajan. Genyen ki te fè bèl kòb vre men pifò se ti monnen yo t ap fè. Pitit gason Aleksann nan, Abid, te menm kite lekòl pou l lage kò l nan kreye kontni. Pitit fi li a, Aycha, t ap ouvèlekò sou OnlyFans, yon sit k ap montre bagay pou moun ki majè sèlman. Aleksann te sezi lè l te dekouvri bagay sa a. Li te pete yon sèl eskandal nan kay la, li te mande tifi an fèmen kont OnlyFans lan men manzè te reponn "ou p ap fè lajan nan kay la, ou pa gen lòd pou pase m". Lè misye al di madanm ni sa, manzè reponn ni se lajan Aycha ki ede peye kèk bil nan kay la. Aleksann te sezi.

Donk se pa t sèlman pou kesyon chomaj Aleksann te vle kite Boston pou al pran yon djòb Wanament. Fanmi l te tèt anba, yo pa t respekte e l te bouke wè wobo. Li sonje premye fwa l te wè yon machin ap kouri san chofè nan lari Boston, li te sezi, li te twouve sa dwòl. Men sezisman l pa t ap rete la. Li te pi sezi toujou lè wobo yo te kòmanse sou moun (si n ka di sa konsa), yo pa t rete nan izin, nan kay moun, nan biznis, yo te pran lari ap mache nòmalman nan mitan moun. Te gen wobo polisye, travayè lameri, elatriye. Te gen yon kowabitasyon ant moun ak aparèy andwoyid sa yo. Moun pa t sezi wè yo ankò eksepte touris ki te sòti nan peyi kote bagay sa yo pot ko fin gaye. Se konsa moun te rekonèt touris, sou fason yo te sezi wè wobo k ap mache nan lari, sou jan y ap pran foto yo. Pou moun ki te rete nan gwo vil tankou Nouyòk, Boston, Mayami, Chikago, se pa t anyen.

Lè wobo yo te fèk pran lari, bagay yo pa t fasil pou yo. Lè machin san chofè te kòmanse anvayi vil yo, gen moun ki te konn kraze vit yo, pete kawotchou yo, voye fatra oubyen poupou sou yo. Gen nan moun sa yo, se te chofè taksi oubyen Uber machin san chofè yo te mete nan chomaj. Lè wobo andwoyid yo te pran lari menm, gen moun ki te atake yo, lage yo atè, bat yo, mete dife sou yo. Men wobo yo pa t janm defann tèt yo paske yo pa t dwe atake moun selon lwa wobotik otè syans fiksyon Isaac Asimov te pwopoze nan ane 1940 yo. Sa te pran yon ti tan avan yo te asepte wobo ka p mache nan lari kòm si yo te moun.

Anpil moun te pè wobo yo paske yo te panse yo t ap revòlte kont limanite epi pran kontwòl lemonn ak konesans epi kapasite yo genyen ki depase pa moun. Se sa yo te montre nan anpil fim nan fen 20e ak kòmansman 21e syèk la. Yo te menm pale de yon bagay ki rele sengilarite, kidonk wobo yo t ap rive yon lè yo t ap granmoun tèt yo, yo pa t bezwen moun ditou epi yo t ap ka domine moun. Men se pa konsa bagay yo te pase. Wobo yo pa t okenn revòlte ni eseye kontwole anyen. Men piti piti yo t ap pran plas lèzòm nan domèn pwofesyonèl kèk lòt aspè nan lavi yo.

Wobo yo pa janm vin gen konsyans ni nanm jan anpil moun te pè a. Andwoyid yo menm pa t janm gen dezi pou vin moun, menm jan ak kòmandan Data nan seri Star Trek: Nouvèl Jenerasyon, ki te vle gen emosyon, santi lajwa, tristès, ri, oswa fè pwezi. Lasyans pa t janm ka dekouvri sekrè lavi vre. Yo pa janm ka tonbe sou fòmil matematik oubyen chimik ki fè moun moun, ki fè lavi lavi. Wobo yo te sèlman ap imite lavi, yo te sèlman ap chare moun, men te tèlman fè sa byen yo te bay enpresyon yo vivan. Algorit ki t ap anime wobo yo te vin pi puisan chak jou, sitou lè yo te aplike vitès kalkil fizik kwantik ladan yo nan ane 2028. Sa te pèmèt wobo yo gen pi bon reflèks, reyaji pi vit, epi rapwoche yo plis de limanite.

Gen moun ki t ap pale de tranzimanis, yon filozofi teknolojik ki pwopoze pou moun fè yon sèl ak wobo yo. Gen moun ki te kwè se yon fason pou bay lèzòm pouvwa lè yon konbine kapasite moun ak pouvwa aparèy yo tankou yo te wè sa nan kèk fim tankou Iron Man. Nan fim sa a, milyadè Tony Stark te itilize gwo teknoloji pou l ba tèt li gwo pouvwa. Li te kreye yon wobo andwoyid ki rele "J.A.R.V.I.S." Se te yon Entèlijans Atifisyèl ki te konn fè yon bann bagay pou Tony: ba l sekirite, sèvi l kòm asistan, ede l kominike, elatriye. Lè Tony Stark te antre anndan wobo sa a, li te vin fè yon sèl avè l epi l te ka vole, tire gwo zam, fè anpil lòt bagay moun nòmal pa ka fè. Melanj moun ak wobo a se yon eleman kle nan filozofi tranzimanis lan, ki fè Iron Man tounen yon reprezantasyon ideyal de sa kèk ideyològ tranzimanis te imajine kòm avni evolisyon limanite atravè teknoloji. Gen lèt moun ki te kwè lòm pa t oblije sanble Robocop, li te ka foure teknoloji a anndan l grasa nanoteknoloji epi toujou sanble moun nòmal.

Zafè tranzimanis la t ap kite domèn fiksyon chak jou pou l antre nan reyalite lèzòm. Depi lontan gen moun ki te deja gen yon pati nan kò yo ki pa t natirèl, ki te swa an metal, plastik oubyen lòt materyèl sentetik. Genyen ki te gen fo bra ak fo janm ki sanble ak bon bra ak janm, kè ak poumon atifisyèl, fo je ki te gen kamera sofistike e ki te pèmèt moun avèg wè. Donk, nan yon sans, anpil moun te gentan ap itilize teknoloji pou repare domaj nan kò yo oubyen ogmante kapasite yo, men yo pa t ko rive nan nivo Iron Man.

Elon Musk li menm, nan ane 2016, te vin ak yon teknoloji ki rele Neuralink (Neralenk). Objektif li se te pèmèt sèvo a kominike dirèkteman avèk òdinatè oswa lòt aparèy elektwonik. Lè Musk te fèk kreye teknoloji sa a, se te pou ede moun ki te gen pwoblèm nan sèvo, ki te gen maladi tankou Pakinsonn. Neuralink t ap pèmèt yo rejwenn kèk kapasite serebral yo te manke. Yo t ap ka fè kèk bagay san yo pa t bezwen sèvi ak men yo si yo te andikape. Sèvo yo t ap bay yon aparèy (yon wobo) lòd epi aparèy la t ap travay pou yo. Men objektif final Neuralink se te ogmante kapasite moun genyen pou panse, memorize, kalkile tankou konmpitè, epi entegre kapasite ak pouvwa entèlijans atifisyèl dirèkteman nan sèvo moun. An 2050, yo potko reyisi fè tout sa a san pousan men yo pat twò lwen. Yo te envante yon ti aparèy ki pèmèt moun kontwole aparèy elektwonik dirèkteman ak sèvo yo san itilize men yo. Si pa egzanp, yon moun antre lakay li ak aparèy sa a nan tèt li, li sèlman panse "limyè" epi limyè a limen; li panse "televizyon" epi televizyon an limen, elatriye.

Revolisyon wobotik la pa t fin bon pou tout moun e anpil moun pa t fin renmen andwoyid yo sou nenpòt ki fòm yo te ye. Aleksann li menm, nan kòmansman, pa t gen pwoblèm ak wobo yo (jiskaske yo te pran djòb li); yo te sitou yon kiryozite pou li. Misye sonje lè Wobotaksi yo te fèk parèt Etazini an 2025, li te youn nan premye moun ki t al monte yo Boston epi l te filme l epi lage sou rezo sosyal yo. Anpil zanmi yo te komante, di misye ap mouri eklere e ke yo menm yo p ap janm monte yon bagay konsa. Alaverite, machin sa yo te pi pridan pase chofè ki se moun. Yo te fè mwens aksidan. Wobotaksi yo te fin pran lari a. Yo konn menm adapte yo an fonksyon de pasaje a. Yon fwa, Aleksann monte youn epi machin nan pran pale Kreyòl avè l paske l wè se yon Ayisyen. Aleksann te yon ti jan ezitan pou l reponn. Li pa t vle kèk moun k ap pase wè l ap pale pou kò l nan yon machin.

Jodi a, gen plis machin san chofè nan lari pase machin ak chofè. Tout fason, anpil moun p ap travay, yo pa ka achte machin ankò. Pifò moun pran machin ak bis san chofè ak ti kòb yo resevwa nan men Leta a (1000 dola pa mwa). Bagay sa a te oblije anpil gwo vil devlope sistèm transpò piblik yo. Gen kèk vil tankou Mayami ki te fin kraze transpò piblik yo nan ane 2020 yo e ki te oblije tounen avè l nan 2040. Rezon an se paske vil sa yo te vin gen anpil moun ladan yo. Imigrasyon te pote yon vag moun ki soti nan lòt peyi oubyen nan lòt Eta Etazini. Sikilasyon machin te prèske vin enposib. Lè te gen bon blokis nan zòn sa yo, gen moun ki te oblije desann machin yo epi mache a pye. Twòp moun, twòp machin, solisyon an te se te yon bon sistèm transpò piblik. Mayami te vin tankou Nouyòk kote se te bis ak tren k ap domine. Machin pa t senbòl libète ankò, se te senbòl blokis ak polisyon. Yo pa t fòse moun kondi ankò jan yo te konn fè l lontan, yo te menm dekouraje yo menm jan yo t ap dekouraje moun fimen. Ou te ka wè nenpòt kalte moun ap pran transpò piblik. Yo pa t gen chwa. Se te menm bagay la nan Boston. Menm Aleksann te gen yon machin, lè bagay yo tèlman pa bon nan men l, li te oblije vann li. Anba redi l, li te jwenn moun achte l. Revolisyon wobò a te fè rèv Ameriken an tounen yon kochma.

Men, tout bagay pa t sonm an 2050. Tankou chak epòk, mwatye 21e syèk la gen bon ak move kote l. Te resi gen machin k ap vole jan kèk fim syans fiksyon te pwomèt sa nan 20e syèk la. Men fòm yo te diferan ak machin ki t ap kouri atè yo epi pifò pa t gen pilòt. Piske te vin gen anpil moun nan gwo vil yo, lojman te vin diferan. Anpil moun t ap viv nan yon seri ti apatman kote yo pa t menm ka kanpe ladan l. Yo te kopye modèl sa a sou Japon. Travay lakay te vin alamòd menm jan sa te ye nan epòk Kovid an 2020. Teknoloji a li menm te fin antre nan kò moun. Moun pa t sèlman gen yon telefòn nan men yo, men yo te ka genyen l andedan plamen yo, nan bra yo, nan tèt yo ak lòt pati nan kò yo. Gras ak nanoteknoloji e pikoteknoloji, yo te fabrike yon seri ti aparèy zuit epi enjekte yo nan kò moun tankou sa te fèt nan fim "Vwayaj Fantastik". Nan fim sa a ki te soti an 1966, yo te redui nan nivo sibatomik yon kapsil ki te gen plizyè syantifik ladan l epi yo te enjekte l nan kò yon malad pou yo te fè yon operasyon pou li. An 2050, yo pa t ka diminye gwosè moun ak bagay, men yo te fabrike ti aparèy ki tèlman piti yo te ka foure nan kò moun san danje. Teknoloji sa tou te pèmèt geri kèk maladi tankou kansè epi fè kèk operasyon ki te enposib anvan sa.

Ekonomikman, te toujou gen gwo inegalite ant moun ki rich anpil ak moun ki pòv anpil. Revolisyon wobo yo te mete apse sou klou. Te gen yon ti gwoup moun ki te trilyonè tandiske pifò moun t ap viv ak 1000 dola pa mwa oubyen mwens. Wobo t ap fè pifò travay yo. Rès ekonomi an te chita sou do yon ponyen travayè moun ki t ap bourike.

Vwayaj spasyal yo te kontinye avanse. Yo te etabli yon baz sou Lalin gras a pwojè Atemis. Premye moun te al sou planèt Mas an 2040, men vwayaj yo te tèlman koute chè epi long, yo pa ko t voye yon dezyèm moun. Te gen plis touris spasyal, men anpil moun pa t ka pwofite de yo.

Pandan avyon Aleksann nan t ap vole nan mitan nyaj yo, li souri lè l sonje sa k te rive an 2022. Lè sa a, Prezidan Ameriken Joe Biden te vini ak yon pwogram ki te pèmèt plis pase 200,000 Ayisyen kite Ayiti nan 2 zan pou vin tabli Etazini. Se te youn nan pi gwo mouvman migrasyon an mas Ayiti te janm konnen, e anpil moun sa yo te vin Etazini legal. Bagay sa a te bay anpil pwoblèm. Gen Ayisyen ki te kontan, gen lòt ki te fache. Yo te menm di yo pral vote yon kandida rasis ki te sèmante l t ap fè depòte moun ki te antre nan pwogram nan. Jodi a, se moun Etazini ki t ap plonje an mas sou Ayiti pou al chache lavi miyò, e se pa gouvènman Ayisyen an ki envite yo. Se yon lòt mouvman migrasyon kote sitwayen gwo peyi panse yo gen dwa anvayi ti peyi pou al pran travay moun ki la.

Sa te bay gouvènman Ayisyen an yon gwo pwoblèm. Yo te menm oblije kreye yon Ministè Imigrasyon, yon bagay yo pa t genyen anvan. Anvan sa, yo te sèlman gen yon Biwo Emigrasyon ak Imigrasyon. Anpil Ayisyen te kwè wòl biwo sa a se te bay moun paspò pou kite peyi a sèlman. Kounye a, yo oblije reflechi sou pil etranje k ap antre pa bann e pa pakèt, ki sa yo pral fè ak yo, kote yo pral mete yo, kijan yo pral trete yo. Nan zafè travay, yo te oblije etabli yon kota sou kantite etranje ki ka travay nan yon antrepriz, pandan y ap bay moun peyi a priyorite. Gen anpil deba ki t ap fèt nan radyo: gen yon mouvman anti-imigrasyon ki t ap pran chè, gen moun ki t ap mande pou voye blan yo tounen lakay yo, depòte yo, pandan gen lòt ki t ap pwopoze voye yo al travay nan jaden oswa fè travay Ayisyen refize fè.

Ayisyen pa t janm wè tout blan sa yo nan peyi a. Premye fwa Aleksann te wè anpil blan debake Ayiti konsa, se te apre 12 janvye 2010. Lè sa a, anpil ladan yo te debake pou vin travay ak ONG oswa pwofite katastwòf la nan fason pa yo. Lè Aleksann t ap grandi Ayiti, pifò blan li te konn wè se te yon bann ti granmoun misyonè. Li te imajine pifò blan se ti granmoun. Premye fwa li te wè jèn blan se te an 1994, lè prezidan Aristid te retounen sou pouvwa a, epi bann militan Ameriken yo te akonpaye l. Lè sa a, misye te wè yon bann jèn ti blan nan lari a ki pote gwo zam. Li te mande kijan timoun sa yo fè tire gwo zam sa yo. Apre tranbleman an, Aleksann te wè lòt blan yo, fwa sa a yo pa t gen zam; se te travay imanitè, jounalis, elatriye. Jodi a, blan yo te vin yon pwoblèm pou Ayiti paske yo te anvayi peyi a. Yo t ap fè konpetisyon ak Ayisyen ki te la yo, non sèlman pou travay men pou lòt bagay tou. Gen kèk nan fanm blan yo ki te marye ak Ayisyen. Sa te kreye gwo jalouzi. Gason Ayisyen yo t ap neglije fanm nwa pou fanm blan. Sa te enteresan paske nan peyi kote fanm blan sa yo te soti (Etazini), yo te mal pou jwenn gason, swa paske gason yo te twò pòv oubyen yo te pi pito annafè ak wobo fanm yo rele "fembot" yo. Te menm gen yon blan ki te kite madanm li pou yon wobo fanm paske, selon misye, wobo a te pi dous epi li te ba l plis respè ak afeksyon.

Pandan Aleksann t ap fè tout refleksyon sa yo, li tande yon vwa ki te di l tache senti l paske avyon an pral ateri. Avyon an pa t al ateri Pòtoprens men l t al desann dirèkteman Wanament ki te vin gen yon aryopò entènasyonal. Rezon an se paske vil sa a te vin devlope anpil, li te atire anpil touris, yo te fin konstwi yon kanal ladan l an 2024. Kanal sa a te tounen yon fyète pou anpil Ayisyen, se yon senbòl tèt ansanm, yon bagay Ayisyen t ap chèche. Gen moun ki te menm di pou retire palmis ki nan drapo Ayisyen an epi ranplase l ak kanal la. Sa te fè anpil diskisyon men lide sa a pa t pase.

Wanament te tounen yon sant touristik menm jan ak vil tankou Jakmèl oswa Okap. Se nan lide sa a gwo envestisè nan dyaspora a te vin ak lide pou bati aryopò a. Lè aryopò sa a te fin konstwi, plis moun te al Wanament toujou e yo te vle fè zòn sa a tounen yon modèl devlopman pou chak vil Ayiti. Se sa ki fè yo te vin bati lopital kote Aleksann te jwenn djòb la. Lè Aleksann te fèk rive Wanament, sant sòl peyi a te anvayi l, ba l toudisman tankou yon alkòl fò. Sa te fè kèk tan li pa t tounen Ayiti. Apre l te fin gen papye l, li te konn vwayaje Ayiti al wè papa l. Men depi lè papa l te fin mouri an 2040, li pa t ale. Donk li te tounen apre 10 zan deyò.

Aleksann pa t gen kay nan Wanament, li te vle al

nan pi gwo otèl yo te fèk konstwi nan zòn nan. Se sa li te di Aliks, zanmi li an. Men Aliks te di l pa gen sa pyès, se lakay li pou l vini. Aleksann pa t vle anbarase zanmi an, li te vle pase premye nuit lan nan yon otèl tou, men Aliks te konvenk li pou l pase premye moman yo lakay li. Sa ki tapral bay zanmi yo okazyon pou pale paske sa fè lontan yo pa t wè. Epi fè preparasyon pou travay la. Premye sware yo pase, yo fè anpil tan ap pale, ap repase souvni lè yo te lekòl, elatriye.

Aleksann pa t panse lavi t ap pran men l mennen tounen Ayiti nan kondisyon sa a, men li te reziyen l. Se lavi. Yon travay se yon travay, nenpòt kote l ye, e Aleksann te byen kontan li te resi jwenn youn. Premye jou travay la, lè Aleksann rive lopital la, li te sezi wè jan lopital la te byen bati epi modèn. Li te wè anpil aparèy li te konn wè nan lopital Etazini. Li te wè plizyè blan tou ki t ap travay nan lopital la. Li pa t kontan men li pa t ka fè anyen pou sa. Lopital la te gen lajan blan ladan l e depi blan ap ba w lajan, fòk ou ba l yon bagay anretou. Donk blan yo te bay anpil parèy yo travay nan lopital la. Aleksann te jwenn djòb la paske zanmi li Aliks te goumen pou se yon Ayisyen ki te nan pozisyon an.

Aleksann te byen kontan djòb la, li t ap degaje l. Li t ap touche mwens kòb ke sa l t ap touche Etazini men lajan an te vin pa t enpòtan pou li ankò. Li te renmen travay li, libète li, li te renmen viv nan peyi li e li pa t kwaze ak okenn wobo. Pandan l te Wanament, li te redekouvri senplisite lavi. Tout syèl la te klere. Li te pran tan pou l respire, pou l tande chan zwazo, bri van k ap layite nan fèy bwa, bri kè l k ap bat. Li te gen mwens strès, li te pi pwòch lanati. Li t ap viv yon kote ki gen mwens teknoloji. Li te vin dekouvri tou kijan li menm li te fin tounen yon "wobo" apre tout tan l te ap viv nan peyi wobo yo. Li te fè tout bagay machinalman, san panse, san pran tan pou reflechi, li te toujou nan kouri, li te pran nan pyèj "eklerasyon".

Kèk fwa li te tounen Etazini pou al wè fanmi madanm ak pitit li, men se kò l ki te ale, nanm li te rete Ayiti. Li pa t fè twòp tan. Li te menm ap panse pou l rete Ayiti nèt pou l pa t janm tounen Etazini paske chak fwa l tounen se kòlè l t ap fè. Kòlè timoun malelve, kòlè madanm derespektan, kòlè bil, kòlè kont wobo elatriye. Donk li te tounen Etazini mwens.

Bagay yo t ap byen mache pou Aleksann. Li t ap kouri sou senkan ap travay Wanament. Yon bon maten, misye rive lopital la epi pandan l ap pase bò yon sal operasyon, kisa l wè k ap kanpe k ap opere yon malad? Yon doktè ki pa t fin sanble ak yon moun nèt. Li te gen kèk jès mekanik, li te manke natirèl. Lè misye pwoche pi pre pou l byen gade, sa l te pè a rive. Se te yon wobo! Aleksann dekonpoze.

KISA KI NAN TOU A ?

M sonje yon bagay ki te rive m yon fwa pandan m
te Lazil. M te timoun lè sa a. M te ka gen 5 al 6 zan
konsa. Men anvan m rakonte n sa ki te rive nan, fòk
mwen di n nan ki kondisyon m fè rive Lazil kèk ane
apre m te fin fèt nan Pòtoprens.

M te fèt pi presizeman nan komin Kafou. M te gen
3 frè, men youn ladan yo te mouri yon ti tan avan m
te fèt. Yo di m li te rele Valmi. M pa t janm konn
figi Valmi, m pa menm sonje si m te wè l nan foto.
Li te tèlman mouri bonè petèt yo pot ko fè foto pou
li. Men manman m te toujou ap pale m de frè sa a
m pa t janm konnen an e ki jis jodi a ret grave nan
lespri m tankou yon mistè, yon devinèt ki san
repons. Se lanmò Valmi ki ta pral lakoz yo pimpe m
Lazil pou m pa t mouri menm jan ak frè m nan.

Lè manman m t ap pale m de defen an, li te toujou
gen emosyon nan vwa l. Sa ki nòmal, se te premye
pitit li. Lè m mande l kijan frè m nan te mouri, li te
rakonte m yon istwa m pa janm bliye jouk kounye a.
Manman m te di m lanmò Valmi pa t yon bagay
senp, kòmkidire se pa t lanmò Bondye men lanmò
lèzòm. Katye kote n te rete a te gen repitasyon gen

26

anpil lougawou ladan l. E dapre manman m, se youn nan lougawou sa yo ki ta manje pitit li a. Se sa l te kwè antouka. Li te menm ban m non lougawou a, yon non m pa ka repete la a sizoka moun sa a ta toujou vivan. Se te yon vwazin nou. E menm lè m te tounen Pòtoprens apre kèk ane Lazil, manman m te toujou aprann mwen di vwazin sa a bonjou pou l pa fè m mechanste. Se konsa depi m pase devan pòt kay li m te toujou salye l, men se plis paske m te pè l.

Manman m ak papa m te vin antre Pòtoprens nan ane 1960 yo e yo te tabli la. Yo te kòmanse fè timoun la epi tanmen bati yon kay ki ta pral pran plizyè lane pou l fini. Pa t gen mwayen pou bati kay la yon sèl kou, se tanzantan paran m yo te fè yon ti travay ladan l jiskaske l fini.

Paran m yo te pèdi premye pitit yo te fè Pòtoprens lan e sa te fè yo mal anpil. Donk yo te tèlman pè pou menm bagay la pa t rive m, yo te voye m al kache nan zòn kote yo te soti a. Yo te voye m nan peyi yo. Se konsa m te ateri kay grann mwen, Madan Sonson. Grann mwen t ap viv nan yon kay ki te chita sou plizyè kawo tè, kontrèman ak jan paran m yo t ap viv nan Pòtoprens.

Pòtoprens se yon gran vil ki peple, yon megapòl kote popilasyon an ap viv moun sou moun. Se te epòk kote anpil moun t ap kite pwovens pou antre nan kapital paske lavi te kòmanse rèd nan zòn andeyò. Lavi peyizan te vin enposib, anpil ladan yo te pedi bèt yo, anpatikilye kochon kreyòl yo te touye poutèt pès pòsin. Latè pa t vle bay ankò, epi lè yon siklòn pase li te ravaje tè yo, pote tout zafè moun yo ale. Donk pou anpil peyizan, sèl espwa yo se te antre nan yon gwo vil kote yo panse yo te ka jwenn yon alemye, kote pitit yo te ka gen yon avni.

Se konsa paran yo m te imigre Pòtoprens, yo te jwenn yon bout tè nan komin Kafou epi yo te kòmanse bati kay, elatriye. Men bagay la pa t fasil pou yo paske yo te gen moun ki pa t vle wè yo epi ki t ap pèsekite yo nan zòn nan. Gen vwazinay ki t ap ba yo pwoblèm e se nan konsa yo te pèdi premye pitit yo. E se konsa m te oblije al fè konesans ak peyi kote paran m yo te soti a.

Yo te voye m kay grann mwen an, manman manman m, yon bèl ti granmoun bwòdè ki te renmen abiye. M pa t konn grann sa a non plis, se Lazil m te vin fè konesans ak li. Kèk fwa m ap reflechi, m di tèt mwen petèt egzil mwen Lazil se te yon bon bagay. M sonje se la m pase kèk nan pi bèl ane nan lavi m. M te grandi nan yon savann ki te benyen ak limyè, libète epi lawouze dimaten. M te ka kouri ak tout vitès ti janm mwen ki t ap pran manm. M te konn al benyen nan rivyè, m te ka wè solèy k ap leve epi kouche, manje tout kalte fwi nan jaden. M panse sa t ap diferan si m te pase premye ane anfans mwen Pòtoprens. Se t ap de reyalite diferan. Andeyò, moun benyen larivyè touni san yo pa enkyete pou moun k ap gade. Se te yon laj inosans.

Lòt diferans m te remake ant kapital la avek Lazil se tout espas ki te genyen yo. Tandiske n te antoure ak vwazinaj Kafou, kote m te ye Lazil la pa t vreman gen vwazinay. Fòk ou te mache anpil avan w resi jwenn yon lòt kay, anvan w resi kwaze ak lòt moun. Donk se konsa n t ap viv nan inosans, ak chan kòk k ap reveye n lè maten, ak solèy k ap antre nan chanm nou toutouni epi reveye n ak reyon li yo ki byen dous. Nou t ap vi nan ensousyans, kay yon grann ki te renmen n anpil. Nou pa t bay lavi regle anyen pou nou.

Epi se lè sa a bagay m te di nou nan kòmansman iswa a te rive m. Nan gwo lakou kote n te rete a, te gen yon bann gwo pyebwa. Youn ladan yo te chifonnen lespri m anpil paske pyebwa sa a te gen yon gwo tou nan mitan l. Kòm timoun fouyapòt, m te toujou vle konnen sa ki te nan tou a. Grann mwen ki te konnen m kòm yon tantafè te toujou di m pa al fouye tou a pou m konn sa k ladan l. Men lè m te mande l sa k ladan l, li te derefize di m. Se konsa granmoun yo ye.

Paske grann mwen te ban m lòd pa chache konnen e paske l te refize di m, sa te vin fè m pi anvi konnen toujou. Ou konnen lè w timoun, depi yo di w pa fè yon bagay, se kòm si se ankouraje yo te ankouraje w fè l. Timoun toujou vle konnen pouki yo entèdi l fè tèl ou tèl bagay, se yon bagay ki chouke byen fon lakay lòm menm. Tout sa yo entèdi l, li pi anvi fè l. Bondye te di Adan ak Ev pa manje fwi a men se sa yo te fè menm. Donk se pa fòt nou, se kote premye paran n yo nou pran vye abitid sa a. Abitid se vis.

Pou mwen menm se pa t yon fwi grann mwen te defann mwen manje, men se toujou yon zafè pyebwa. Pyebwa a te wo, li te laj, li te bèl. M pa sonje ki pyebwa l te ye, si se te mapou, bwadchenn, gayak. M sèlman sonje tou ki te ladan l lan. Moun yo toujou ap rakonte pyebwa yo gen bagay ladan yo, kòmkidire yo pa senp. Antouka, sanble pyebwa ki te enterese m nan te gen yon bagay kache ladan l, e m te sèmante fò m konnen sa l te ye.

M te reve pyebwa sa nan nuit e lespri m pa t ap anpè toutotan m pa t pèse mistè gradoub sa a. E sèl mwayen pou m te konnen, se te pran yon ti bwa pou m foure anndan tou ki nan pyebwa a epi djigèt sa ki anndan lan. M pa t ka fè sa pandan grann mwen te la. Donk yon lè pandan Mdan Sonson te soti, m pa sonje kote l te ale, si se nan mache, si se larivyè oubyen legliz, m pran kouraj mwen ak de bra, m pran yon ti bwa epi m mache sou pyebwa a. M sonje m te tande yon vwa nan zòrèy mwen ki t ap di m non pa fè sa men m pa t deside koute l. Fò m te pwofite pandan granmoun nan te soti a pou m te rezoud devinèt sa a. M lonje ti bwa a epi m foure nan tou a.

Lè m fouye pyebwa a, kisa w konnen ki soti ladan l? Yon gwo manman krapo! Bèt la vole sou mwen, m rele anmweeeeeey, m sot tonbe atè, m woule epi m leve m pete kouri m al kache anndan kay la. Pandan m ap kouri a se kòm si m te tande yon vwa k ap ri byen fò dèyè m nan e k ap di: M te pale w, tank ou tantafè! Se bon pou ou! Ou bat kò w twòp!

Eksperyans sa a make jouk jounen jodi. Finalman moun yo te ge rezon: pyebwa a pa t senp, li te gen yon bagay ladan l: Yon gwo krapo! Jouk jodi a m pa konn kot krapo sa a pase, m pa konn si l te tounen nan pyebwa a oubyen si l t al chache yon lòt kay pou l rete.

M pa janm sonje si m te janm rakonte grann mwen epizòd sa a nan lavi m. M pa kwè m te janm di l sa paske m te wont epi m te pè pou l pa t ban m yon bèl kal lè l tande m te dezobeyi lòd li. Depi jou sa m respekte tout tou ki nan pyebwa, m pa janm al fouye yo pou m konn sa ki ladan yo. Ou pa janm konnen se ka yon michan krapo.

NOU CHAPE ANBA YO!

Mwen sonje aksidan an byen pwòp. M te la. M sonje solèy t ap kouche epi l te met dife nan lorizon. Syèl la te tou wouj. M sonje taptap la t ap fonse tou dwat sou wout Dèlma nan Pòtoprens. Rive nan wonpwen an, machin nan vire. M voye je m nan fenèt la, mwen wè yon gwo kamyon k ap vini ak tout boulin… M tande yon sèl kout klaksonn ki chire zòrèy mwen. Epi bow! M tande yon sèl bri kraze lanfè!

Mwen sonje sa trè byen. Jan de bagay sa yo, ou pa ka bliye. Chape nan yon masak terib konsa. M pa ka bliye. Bra ak janm vole nan kat pwen kadino. Tèt moun ap woule atè tankou zetwal ki pèdi fren, k ap pwonmennen san konn kote yo prale. Moun gaspiye. Solèy benyen ak san. Limyè l kòche. Li senyen lakansyèl. Atmosfè chaje ak rèl. Lari a soufri emoraji epi latè, yon lòt fwa ankò, ouvri bouch li pou l pase swaf li nan gode madichon.

Mwen te la. Mwen te wè. M te temwen. Men m toujou pa t kwè. M pa t ka kwè se sèl mwen ki chape nan dezas sa a. Sèl mwen ki chape anba yo, ki sove anba grif Mouche Lanmò. M sezi m toujou vivan.

Èske se yon mirak? Kamera envizib? Eske se memwa m k ap pase m nan betiz? Eske se yon vye blag kèk move zanj ap fè sou mwen? Eske m nan tranzisyon ant lavi ak lanmò? Mwen pa konnen. Memwa m ap naje pou l soti nan labou konfizyon. Mwen pa konn si m anlè, m pa konn si m atè. M pa konn anyen men sèl sa m konnen, m chape anba yo…

***

Nan maten jounen sa a, mwen te planifye pou m leve anvan douvanjou pou m al di solèy bonjou. Apre sa, m te fè sa m abitye fè chak jou ki se al nan inivèsite, al fè rechèch nan bibliyotèk fakilte a, al nan Enstiti Lang Modèn, epi nan aswè al jwenn mennaj mwen Elèn, pase yon moman nan prezans li epi pèdi tèt mwen nan fon je l tankou bato antre nan fon lanmè. Depi lè m te kontre l, m te damou je l, m te renmen jan l gade m. Lè l gade m, m santi m ap vwayaje al nan yon peyi m p ap janm tounen. Lè nou kontre, nou te ka rete plizyè minit san pale tèlman m pèdi nan gade l, tèlman rega l te anvayi m fè m bliye kote m soti ni kote m prale.

***

Pandan tout moun te kwense nan taptap la, moun sou moun, moun chita sou moun, moun kòmanse pale, lang yo lage delage. Se nan

34

taptap la dènye tripotay boukante, dènye zen bouyi. Moun pale sa yo konnen, sa yo pa konnen. Yo pale sou tout kalte sijè. Yo pale sou jan lavi chè, jan lanmò gratis. Yo pale de wout la, de chofè tèt mato, pèsonn pa konn kote yo te aprann kondi. Yo pale de lanmou. Ayisyen toujou ap pale de lanmou. Ala ti pèp santimantal! Pasaje sa a di Kal fèk divòse ak dènye madanm li, Lanbè sou dizyèm mètrès li. Misye sèmante pou l leve wòb tout fanm nan peyi a. Ala ti fanm cho, se Jidit! Jolibwa menm se vakabon. Ti Ismèn li menm fèk ansent pou pitit gason Pastè Grancon, men olye pastè a selebre maryaj la, li pito voye pitit gason l al kache aletranje. Men, ou konnen, paran ti fi a soti Latibonit e yo sèmante sa p ap pase konsa...

Mwen te planifye tout bagay pou jounen an, eksepte aksidan sa a. Kalamite bridsoukou sa a. Tèt chaje sanzatann sa a. Eksepte masak sa a kote mwen sezi wè se mwen sèl ki soti vivan. Mwen wè yon bann moun rasanble ap gade. M pa konprann sa k ap pase. Se tankou tan an te kanpe, imaj lavi te friz toudenkou. Mwen wè moun ap rele byen fò. Y ap akize. Y ap joure. Leta. Chofè. Twò ta. Moun rele anmwe. Moun souke tèt. Moun mete de men nan tèt. Moun tchwipe.

M la, m ap gade espektak la. Epi m folfile kò m nan mitan foul la, ap chèche wout pou m soti. M leve de men m an lè, tankou si m te nan mitan yon bann kanaval byen pwès. M ap chikin kò m nan rakwen letènite, m ap pouse souf, pouse bri ak rèl, epi m jete m. M disparèt nan mitan lannuit manfouben…

* * *

Kòm aksidan an te rive m mwatye wout, mwen deside fè rès la apye. Mwen renmen mache nan Pòtoprens. Espesyalman nan aswè, apre m fin chape anba grif lanmò. M renmen travèse vil la, fann li pakanpak, koupe l, dekoupe l. Pòtoprens se yon vil dòmi-leve, mouri-limen. Li la, li pa la. Yon vil mirak. Vil sa a renmen danse sou bò falez, fè piwèt sou bouch lèko, bay moun kè sote. Li fè kòm si l ap tonbe epi l redrese. Lajounen, Potoprens kriye, li rele, li jemi, li goumen, li rakle, li lage gwo kout pete ki fè eko. Nan mitan lannwit, li danse pachanga. Li chante tout chan, li danse tout dans, li bat tout tanbou, li jwe tout gita. Vwa li vin jwenn nou tankou yon lapli ravèt. Li kache nan koridò fènwa kote l ap fè vye jès epi ri tankou moun fou.

Lari Pòtoprens jemi ak plezi. Lari Pòtoprens mobil. Yo deplase pou kont yo. Nan peyi sa a, nan mitan lannwit, lari deplase, yo chanje direksyon. Lari yo fou. Gen bagay dwòl ki pase nan lari vil sa a, istwa moun pa ka kwè.

Vil sa a chaje sekrè, koudeta manke, asasinay, trayizon, vil sa a chaje mistè.

* * *

Tankou yon malfini fonse sou ti poul, se konsa lannwit desann sou vil la epi li fè nwa toudenkou. Malfini lannwit fè dapiyanp sou limyè. E mwen menm, m rete la tankou yon zonbi, tankou yon grenn pwonmennen k ap pwomennen sou Vwa Lakte. M pèdi nan koridò Potoprens kouwè yon chen san mèt, m fè tout kalte rankont, m kwaze ak tout kalte move bèt, move moun, paske li fè minui, lè endiy.

Men, ke m pa sote. Se kòm si m pa bay anyen regle anyen pou mwen. M pa pè. M pa kyè. M bay tout bagay vag. M vag. Vag kou chamo nan lanmè, vag kou reken nan dezè, vag kou defen nan lanmò, vag kou teren vag, vag kou simityè, vag kou lanm lanmè k ap kraze bò rivaj.

* * *

"Apremidi a, sou wout Dèlma, yon aksidan terib rive. Yon kamyon dizwit tòn plati yon ti taptap nan viraj wonpwen an. Rezilta: 14 moun mouri, okenn moun pa sove, sòf chofè kamyon an ki te kouri pou evite kòlè pèp souvren ki te vle pase l alenfinitif..."

* * *

Èske m byen tande sa radyo a di a?
Pèsonn pa sove?... Pèsonn... Pa sove...
Pèsonn... Pèsonn...

* * *

Eske se memwa m k ap pase m nan
betiz? Eske se yon vye blag kèk move zanj ap fè
sou mwen? Eske m nan tranzisyon ant lavi ak
lanmò? Mwen pa konnen. Memwa m ap naje
pou l soti nan labou konfizyon. Mwen pa konn
si m anlè, m pa konn si m atè. Mwen frape nan
pòt lavi. Mwen mande memwa m esplikasyon.
Mwen mande achiv. Èske se yon rèv enposib?
Mwen pa konnen. Mwen pa konn anyen. Men,
tout sa mwen konnen, mwen chape anba yo.

MONT PAPA M NAN

Chak maten, mwen te toujou ap gade papa m k ap mete mont Cartier li a nan ponyèt li avèk yon satisfaksyon epi fyète. Pafwa, li te gade mont lan tankou si l te pè pou l pa disparèt nan bra l. Li te resevwa kado sa a nan men manman m, epi l te renmen l anpil tankou li te renmen manman m. Manman m te ofri papa m bèl kado sa a pou selebre dizan maryaj yo, e li pa t janm sispann pale de mont lan. Se te vrèman bèl mèvèy, yon ti bijou teknolojik. Mwen te vin jalou. Mwen te toujou mande manman m pou li achte yon ti mont plastik pou mwen, men li toujou refize. Mwen te jalou e m te fache. Mwen te panse li pa t renmen m otan li renmen papa m, e mwen te sekrètman swete vòlè mont lan epi fè l disparèt pou toutan.

Jodi a, lè m ap panse a sa, mwen reyalize mwen te vle vòlè yon bagay ki pi presye pase yon mont chè. Mwen te vle vòlè lanmou. Wi, lanmou manman m pou papa m. Apre papa m te fin resevwa mont lan, li te vrèman kontan e li te toujou ap souri. Li pa t janm retire bijou sa a nan ponyèt li. Konsa, mwen t ap chèche yon bon okazyon pou vòlè lajwa l. Mwen te priye pou yon jou li te retire l nan bra l.

Yon jou vre, li retire mont lan nan ponyèt li, mwen pa konnen poukisa. Petèt li te vle netwaye l oswa repare yon bagay, mwen pa konnen, men priyè m te te monte, gras la te desann. Papa te bliye "trezò presye" li a sou kontwa kizin nan, e lè m remake sa, mwen imedyatman pran bagay la e mwen kouri soti. Pita, yo te di m lè papa m te tounen, e li pa t jwenn mont lan, li te kòmanse kriye. Mwen ta peye lajan pou m wè granmoun nan ap kriye. Mwen vrèman panse pèd sa a te afekte papa m pou rès vi l, e mwen regrèt vye aksyon sa a jiskaprezan.

Sa k bèl la, mwen te fin vòlè mont lan e, pandan mwen t ap mache nan lari a, yo te vòlè l nan men m. Mwen t ap mache tankou yon wa. Mwen te fè kòm si m t ap gade lè, jis pou m fè wè. De polisye t ap gade m tankou si mwen te vòlè mont lan. Imajine w mwen te yon timoun 12 zan k ap kale kò l nan lari Pòtoprens ak yon gwo mont Cartier nan ponyèt li.

M swete polisye yo te arete m jou sa a. Si sa te rive, papa m t ap toujou gen trezò l la. Polisye yo pa t fè m anyen, yo pa t arete m, men mwen atire atansyon lòt moun ki pa t renmen graj m t ap fè a. Se te move moun. Se te vòlè. Yo te vin bò kote m pou poze kèk kesyon, mande m dekiprevyen. Yo te di m bay mont lan. Piske m pa t dakò, yo te bat mwen, pran mont

41

lan, epi kouri ale. Anverite m te tris. Mwen te kòmanse renmen mont sa a, men mwen pa t gen tan jwi l, omwens pa tankou papa m.

Mwen tounen lakay mwen jou sa a, e lè yo te poze m kesyon sou disparisyon mont lan, m te bay manti san bouch mwen pa tranble. Lèfini tou, mwen te jwenn sa m te vle a: papa m pa t ap janm wè bijou l la ankò. M te satisfè jalouzi m, menm si m pa t jwi mont lan twòp pase sa. Pou yon rezon oubyen yon lòt, pèsonn pa t janm sispèk mwen, men youn nan frè m yo te resevwa yon gwo kal paske yon jou li te fè yon blag di l ap vòlè mont lan. Se konsa, tout moun te panse se li menm, malgre li pa t sispann deklare inosans li. Apre yo te bat frè m lan, koze a te frèt, dosye a te klase, men yo pa t janm bliye mont lan nèt. Pafwa, lè mwen oswa de lòt frè m yo t ap fè yon bagay mal, papa m te tounen sou dosye a. Pimal, mwen remake li te toujou anmè. Li te toujou sou goumen, e pafwa li te konn fè gwo diskisyon ak manman m. Li te konn bat nou pou anyen, yon fason pou di n li p ap janm padone n sa k te pase a.

Mwen te grandi e mwen te vin pi gen plis matirite. Mwen te vin yon granmoun kounye a; mwen te gen pitit pa m. Mwen te toujou pè pou yo ta twonpe m tankou mwen te twonpe papa m lè mwen te timoun. Avèk tan k ap pase, mwen te padone manman m. Mwen pa t jalou papa m ankò. Kounye a, lè m ap panse ak sa, mwen reyalize kijan mwen te sòt lè mwen te vle vòlè lanmou yon moun. Mwen te jalou bonè yon moun, sa ki pi mal, pwòp papa m ankò. Mwen te wont tèt mwen. Si mwen te ka tounen dèyè, mwen pa t ap janm vòlè mont lan. Mwen ta renmen remèt li bay mèt li epi avwe l tout bagay. Mwen ta di l kijan mwen te move, jalou epi egoyis. Si sèlman polisye sa yo te arete m anvan yo te vòlè mont lan nan men m, lavi ta diferan pou tout moun, m panse. 30 an apre, mwen se yon gwo gason, yon papa, yon mari. Mwen tounen papa m. Kijan mwen ta reyaji si pitit mwen te fè m yon bagay konsa?

Mwen ta renmen ka tounen dèyè. Men, mwen pa kab. Mwen ta renmen mande papa m padon, papa m ki kounye fin granmoun e ki pa janm bliye trezò li a. Yon jou, pandan m ap pase devan yon bijoutri ki gen bèl mont, yon lide klere pase nan tèt mwen. Mwen achte menm mont mwen te vòlè pou papa m. Mwen pote l ba li epi mwen rakonte l tout bagay.

Nou tou de pete kriye.

Istwa Krikèt ak foumi nan 21èm syèk

Krikèt ak Foumi te bon patnè. Yo te konn rankontre pafwa pou kraze de byè epi bay lodyans. Men, de zanmi yo te gen de pèsonalite diferan; Foumi te renmen travay di, pandan Krikèt limenm te yon moun ki renmen fè fèt, se te yon chantè, yon atis. Tandiske foumi a t ap travay 24 sou 24, Krikèt pa t travay twòp, li te pi pito al nan klèb, danse, chante, fè fèt ak bann zanmi pleziyis li yo jouk li jou.

Yon jou, Foumi di zanmi an li dwe sispann viv konsa e li dwe jwenn yon travay serye. "Mwen p ap toujou la pou prete w lajan m ap travay di pou li; an plis, ou deja dwe m yon pakèt kòb. Epitou, kilè w ap remèt mwen kòb la?", Foumi mande. "Ou konnen, mwen se yon atis," Krikèt reponn, "Yon jou, lemonn antye pral rekonèt talan m, m ap vin rich, m ap selèb, epi m ap remèt ou lajan w. M pwomèt ou sa." — "Wey, se konsa, kontinye reve, pa chache yon travay, parese," Foumi reponn.

Apre kèk ane, yon gwo resesyon frape peyi a. Tout bagay te vin difisil pou tout moun, sòf foumi a ki te sere ase lajan pou l travèse kriz finansye malouk sa a. Krikèt te konnen zanmi l te fè ekonomi. Li rele l nan telefòn pou mande l prete lajan pou l pa mouri. "M ap peye w, m ap ba w enterè sou manman lajan an," li te di. "Vrèman?" Foumi reponn sou yon ton ki te montre li pa t dispoze prete zanmi an lajan pandan misye te nan bezwen. "Sonje mwen te di w yon jou, m ap bouke ak ou, jou sa a rive, zanmi m. Ou t ap chante, m byen kontan pou ou, ou mèt danse kounye a," Foumi reponn anvan li fèmen telefòn nan nan figi Krikèt.

Tan ale tan tounen, epi Foumi pa janm tande pale de zanmi li Krikèt, ni li pa t enterese konnen si l te vivan oswa mouri. Pandan tan sa a, lajan Foumi te vin bese. Kriz la te twò di e li te bwote tout ti ekonomi travayè a. Pou mete apse sou klou, foumi a menm pèdi travay li nan konpayi kote li t ap travay la. Yo te revoke pifò anplwaye yo pou fè ekonomi.

Foumi a t ap chèche yon lòt travay kounye a, sa ki pa fasil pou yon foumi nan jou sa yo. Pandan tan sa a, yo te rale machin li e li te prèske pèdi kay li. Yon jou, pandan l ap pouse gwo pòt vitre yon gwo konpayi kote li t apral fè yon entèvyou travay, li remake yon limouzin blan ki te pake devan antre a. Li kanpe yon ti tan pou l gade kilès k ap sòti ladan l. Li te byen sezi wè se ansyen zanmi l, Krikèt, ki t ap sòti nan machin deliks la ak gwo manto fouri epi linèt solèy nan je l. Krikèt, ki pa t kenbe Foumi nan kè, te rekonèt zanmi an imedyatman. Li kouri pou al jwenn li epi ba l bèl akolad. "Gade jan w klere. Ou sanble yon sipèsta. Sa k pase?" Foumi mande. "Mwen te genyen yon milyon dola nan konkou chante 'SuperStar'. Apre sa, mwen genyen yon lòt milyon nan konkou dans 'Danse Anba Zetwal'. Mwen te di ou, yon jou lemonn antye t ap rekonèt talan m," Krikèt te reponn. Li ajoute: "Mwen fèk soti premye albòm mwen epi m ap fè toune Etazini ak Ewòp. Epitou m te jwe nan yon fim ki nomine pou yon Oska. Bagay yo bèl nan men m. M ap byen pase!" – "Tout bon?" Foumi reponn tou jennen. "Pale m de ou," Krikèt mande Foumi. "Enben, mwen fèk pèdi djob mwen epi kounye a m ap chèche travay. Mwen fèk pase yon entèvyou nan konpayi sa a." "Ah bon?" Krikèt di, "Enben zanmi m, jodi a se jou chans ou. Prezidan konpayi sa a se yon zanmi m e li dwe m yon sèvis. Pa enkyete w, sa se djòb pa w monchè."

"Met sou sa," Krikèt kontinye, "men yon chèk 15 000 dola pou tout lajan mwen te dwe w yo. Mwen te di w yon jou m ap peye w. Men kat biznis mwen. Si ou gen pwoblèm, pa ezite rele m, zanmi m."

Apre Krikèt fin pati, Foumi te kontan men li te yon jan wont. Lè li te chita nan tren ki tap mennen l lakay li, li te kòmanse kriye. Pèsonn nan tren pa t konn poukisa, sòf ou menm ak mwen.

Moralite: Evite aji ak mechanste tankou Foumi epi aprann chante ak danse tankou Krikèt.

ENTÈVYOU A

William t ap mache nan lari Pòtoprens, ak tout san l sou li. Nan kapital Ayiti a, sa te vizib tout moun te pè nonm sa a ki t ap mache byen vag, benyen an san, kòm si se nòmal pou moun mache konsa nan lari.

Anjeneral, moun pa mache ak san sou yo tankou si se te yon rad. San pa dwe deyò ap pran lè, se anndan li rete. Deyò, moun mete rad, bijou, yon souri oswa nenpòt lòt bagay pou bay fasad. Nonm sa a k ap mache gwo jounen ak rad li tou wouj, se te yon bagay efrayik. Petèt se te youn nan mò ki te chape soti nan ponp finèb yo. Wi, ann Ayiti, mò pa toujou mouri. Kèk nan yo konn sove nan mòg paske yo te toujou vivan. Yo rele yo zonbi, mò vivan; men yo pa zonbi vre, yo jis potko mouri.

Sa yo rele zonbi yo se moun yo anpwazonnen ak yon poud espesyal ki fè yo sanble kadav. Lè yo "poudre" yon moun, li difisil pou di si l vivan. Li pa montre okenn siy ki di l vivan toujou, li pa respire, li pa gen batmannkè e doktè deklare moun sa mouri pandan li toujou vivan. Lè yo mete moun sa yo nan mòg, pafwa yo reveye lè efè poud la pase. Poud la pa t gen objektif pou touye men pou paralize viktim nan konplètman epi fè l sanble kadav. Yo rele sa zonbifikasyon.

Apre yo fin antere moun sa a, malfèktè konn vin detere l nan nuit epi mennen l nan yon gwo plantasyon diri pou l travay kòm esklav. Se terib. Men pafwa "mò" a konn leve epi l kouri kite mòg la oubyen ponp finèb la, pafwa pandan y ap senyen. Lè sa rive, sa fè gwo zen nan Pòtoprens. Moun pale de sa pandan plizyè jou. Men William pa t youn nan "mò" sa yo ki te sove nan mòg, men li menm tou te chape anba grif lanmò jou sa a.

William, yon jounalis Le National, sèl grenn joual ki ret nan peyi a, te planifye pou ale Bèlè nan wikenn nan. Bèlè te yon fwa yon bèl katye nan kapital Ayisyen an. Moun rich yo te rete la anvan yo te kouri al nan Petyonvil, vil grannèg ki chita sou tèt mòn lan. Kounye a, Bèlè te vin tounen "zòn wouj," yon katye danjere. Sepandan, William te tonbe damou yon ti fanm ki rete Bèlè. Menmsi li te oblije brave danje chak fwa li t al wè fanm nan, li te fè sa avèk kouraj paske li te renmen manzè.

Jou maten sa a, nan reyinyon sal redaksyon an, editè an chèf joual la te chwazi

William pou l ekri yon atik sou yon sitiyasyon ki t ap devlope nan zòn Akayè, yon ti vil andeyò kapital Ayisyen an. Te gen yon deblozay ki te pete la e jounal la te vle pibliye atik sa a koutkekout. Se te yon atik pate cho. Jounalis ki tapral kouvri evènman an tapral oblije pase tout wikenn lan andeyò Pòtoprens.

William pa t vle al Akayè pou de rezon: li te pè pou lavi l paske li te aprann de polisye te deja pèdi lavi yo nan deblozay la; dezyèmman, li te deja gen plan pou l pase wikenn nan ak nouvo mennaj li a, ti fanm Bèlè a. Men li pa t di editè an chèf la sa paske l konnen se pa t yon bon rezon pou l pa al Akayè. Donk li bay manti. Li te di bòs li ke Toupak, gwo chèf gang Bèlè a, te pwomèt li yon gwo entèvyou pandan wikenn nan. Toupak te deside pale ak laprès paske yo te akize l mal nan yon masak. Lidè gang lan te vle di l inosan li epi bay pwòp vèsyon pa l sou sa ki te pase a, William te di.

William konvenk editè li li te gen yon skoup, yon kokennchenn entèvyou ki tapral met Ayiti tèt anba. Misye Edison te ezite pibliye yon istwa konsa, men paske li te panse sa ta ka ogmante lavant jounal la, li te dakò epi li te pèmèt William rankontre gwo chèf gang nan. "Retounen jwenn nou vivan," li te di William pandan jounalis la t ap ba l do.

William te kite sal redaksyon an ak yon souri byen laj nan zo machwè l. Nan kè l li t ap di, "Nou pran yo." Men tou li t ap mande tèt li ki lòt manti li tapral bay pou kouvri gwo manti sa a li sot fè a. Li menm rele mennaj li pou l di l kijan li sot pase may sou editè jounal la pou l ka vin wè l. Toulede te ri anpil.

Samdi swa, Will te sou wout Bèlè, li t ap reflechi sou bèl sware li tapral pase ak Alicia. Sepandan, lè li te rive lakay fanm nan, li te wè yon Jeep ki te pake deyò pòt la. Misye t ap mande tèt li kiyès ki mèt machin sa a. Anvan li antre anndan li, li tcheke telefòn li epi li remake plizyè apèl manke. Lè l gade byen, li wè se Alicia ki t ap eseye kontake l. Li pa t tande anyen pandan li t ap kondui paske telefòn lan te sou silans epi mizik t ap jwe byen fò nan machin nan. Misye t ap tande mizik "Vas-y Franky, c'est bon" (Franky Vincent) epi li te ranplase Franky ak non pa l.

William tapral rele mennaj li men kòm li te gentan rive devan lakay, li deside frape pòt la pito pou mande dekiprevyen dekimannigans. Alicia timidman ouvri pòt la men li anpeche William antre. William te kapab wè laperèz make an lèt majiskil nan figi manzè. Fi a te sispèk.

-Sa k ap pase la a? Li mande Alicia.

-Mwen te eseye rele w pou anile randevou nou an, fi a reponn.

-Poukisa? William mande.

Alicia tapral reponn lè yon gwo vwa gason soti anndan kay la epi mande byen fò:

-Cheri ak kiyès w ap pale la a?

Jounalis la sote, li pantan, li mande:

-Kisa? Ki moun k ap rele w cheri anndan an?

Alicia sipliye William pou l ale men misye, ki te ranpli ak jalouzi, fè vyolans sou fi a, li pouse l, epi franchi papòt la pou l antre anndan kay la. Lè li te antre, li twouve l bab pou bab ak Toupak, gwo chèf gang li te di jounal Le National li tapral fè entèvyou avè l la. Enben sa te fini trè mal. Entèvyou a te brital. Lè Toupak wè misye, li rale fizi l epi l vide katouch. Erezman, William te gen bon pye, li di pye m sa m manje m pa ba ou, li jete l, li chape poul li, li kouri san gad dèyè. Menm machin li l kite dèyè. Li kouri pandan bal ap chante kantik nan lasiyay li.

Lè William resi rive nan yon kote ki san danje, li remake li t ap senyen. Li te pran yon katouch nan zepòl gòch. Tout kò l te benyen ak san, men li te vivan e se pa t blese a ki te pi gwo pwoblèm li nan moman an. Lè li te fin kite Bèlè e li te santi l an sekirite nèt, li te pran mache tou dousman nan lari a, li t ap reflechi sou machin li l pèdi, sou lanmou li pèdi, sou imilyasyon l pran. Misye t ap panse tou ak istwa li tapral rakonte lè Misye Edison poze l kesyon sou zepòl li avèk entèvyou l te fè ak Toupak, gwo chèf gang Bèlè a.

TRANSFÈ LAJAN !

Henry ap gade mont konekte l la pandan l ap tcheke ajanda l pou jounen an. Li pa t renmen bliye anyen, donk li te toujou ap vòlè je gade ajanda sa a tanzantan pou l wè si l pa bliye yon bagay li te planifye fè pandan jounen an.

Henry rayi bliye nenpòt sa l te planifye fè. Pou li, se lè li fin fè tout sa ki sou lis li pou jounen an, li ka di li te pase yon bon jounen anvan l kouche. Jodi a, li bliye voye lajan pou papa l ki Ayiti. Li toujou ka fè sa demen, men demen pa t jou li te mete pou fè travay sa. Henry se yon moun ki renmen tout bagay fèt jan li ekri sa sou papye.

Henry Charles, yon nonm bèl wotè, gwo bibit, tèt kale, figi plen bab, te yon Ayisyen Ameriken ke paran l t ap viv Ayiti. Tanzantan, Henry fè yo yon vizit. Plizyè fwa li te eseye fè yo antre Etazini, men yo te refize. Yo di yo gen twòp laj pou vin pran strès peyi sa a. Henry pa voye yon

55

santim bay papa l depi twa mwa. Voye lajan sa a te enpòtan paske papa l t ap plenyen toutan pitit gason l Henry pa t renmen l, li te pito manman l. Henry abitye voye lajan chak mwa bay manman l men raman bay papa l. Sikològ yo di ti gason yo pito manman yo epi ti fi plis sou bò papa yo.

Papa Henry te toujou regrèt li pat janm gen yon pitit fi. Olye de sa, li gen twa pitit gason. De ap viv aletranje; twazyèm lan toujou ann Ayiti. Premye pitit gason an, Georges, abite Texas ak madanm li ak twa pitit fi. Akoz fado fanmi pa l, li pa kapab kontribye ditou pou ede paran. Twazyèm lan, ki ann Ayiti, gen responsablite pa l e li pa ka ede nonplis. Nan mitan an se Henry ki rete. Li gen mwens responsablite pase de frè li yo paske li toujou selibatè. Li renmen fanm men li toujou di li pa pare pou maryaj. Anreyalite, Henry ap chèche yon fanm ki bèl tankou manman l. Gen ekspè ki di, lè gason ap chwazi madanm, yo souvan marye ak fanm ki sanble ak manman yo; tandiske fi yomenm se souvan gason ki gen kèk aspè nan pèsonalite papa yo ki atire yo. Henry te toujou ap chèche fanm ki gen aparans manman li. Anfèt, li te wè yon jèn fi nan kote l ap travay la ki sanble ak

56

manman l lè l te jèn. Li te rele Juliette. Henry voye demann zanmi ba li sou Facebook, epi li aksepte. Lè li konpare foto pwofil Juliette ak foto manman li, li sezi wè konbyen yo sanble. Men, Henry pa janm di Juliette anyen sou sa. Henry konnen ki danje ki genyen nan di yon fanm li sanble manman w, paske ou pa janm konnen kijan li pral reyaji. Li ka santi w flate l, men li ka santi w joure l tou – jiskaske li wè kisa manman w sanble. Kididonk, Henry pa di anyen ditou.

Malerezman pou Henry Charles, li te aprann Juliette te deja fiyanse ak yon lòt gason e li pral marye avè l. Epi li aprann sa fason ki pi lèd la. Yon jou, Juliette poste yon foto sou paj li, epi plizyè santèn zanmi li ap felisite l. Henry pwofite okazyon an pou l tante fè jakopyevèt anba pòs la, fè ti kòmantè damou ak emoji kè. Se te yon gwo erè. Fiyanse Juliette la wè kòmantè a epi li reponn Henry pou l di l kite madanm li trankil. Yon imilyasyon piblik sou rezo sosyal. Henry te prèske kriye. Li t ap reve yon jou li ta ka prezante Juliette bay manman li. Sa t ap yon gwo plezi pou l wè figi de medam yo. Manman li t ap tèlman kontan. Rèv li te genyen pou wè sèl pitit gason li resi t ap marye t ap vin reyalite. Men anyen nan tout sa pa t ap rive — antouka, pa ak Juliette.

Jou ale jou tounen, Henry te bliye papa l nèt. Yon seri evènman ki rive nan travay li deranje woutin chak jou li epi chanje ajanda li. An reyalite, yo te manke revoke l apre konpayi kote l ap travay la te fè yon sèl ak yon lòt konpayi. Sèl rezon ki fè yo kenbe l se paske yo te bezwen yon Ayisyèn Ameriken ki pale Kreyòl pou sèvi kliyan Ayisyen. Henry te soulaje li pa t rejte lang manman l tankou anpil Ayisyen Ameriken fè. Anplis, kòm Henry te konn jwe wòl lidè nan biwo a, li te jwenn pwomosyon. Gen yon pwovèb Franse ki di: "Malheureux en amour, heureux au jeu". Se yon fason pou di si w pa gen chans nan lanmou oubyen relasyon santimantal, ou ka jwenn chans ou nan jwèt aza oswa nan fè lajan. Henry te pèdi Juliette men kounye a li te gen yon pi bon salè, plis lajan. Sa ta dwe konpanse pou pèd santimantal la.

Ann Ayiti menm, bagay yo te vin pi difisil. Sitiyasyon politik la te san kontwòl. Eleksyon prezidansyèl yo te pote vyolans ak latwoublay apre prezidan ki sou pouvwa a te eseye vòlè eleksyon an pou met moun pa l kòm pwochen chèf Leta peyi a. Apre rezilta eleksyon magouy yo, vyolans te deklanche nan Pòtoprens, kapital Ayiti a. Platfòm opozisyon politik ki te gen ladan l tout lòt kandida yo te òganize manifestasyon chak jou pou pwoteste kont nouvo prezidan yo mete a. Nan Pòtoprens se te gwo dezòd. Magazen ak makèt te fèmen. Moun pa t kapab achte manje. Lè Ayiti fè fas ak kriz politik sa yo, anjeneral moun ki pi pòv yo ak granmoun aje yo soufri plis. Ann Ayiti, granmoun yo pa gen lajan retrèt tankou nan peyi Etazini. Paran yo viv sou jenewozite pitit yo k ap viv lòt bò dlo oswa sa ki gen chans jwenn yon travay ann Ayiti. Yo pa gen okenn ekonomi. Pitit yo se kanè bank yo. Henry pa t bliye voye lajan bay papa l espre. Petèt dènye evènman nan pwòp vi santimantal ak finansye li te boulvèse l, fè l bliye. Henry se yon bon nèg; li se yon bon pitit gason ki gen bon kè. Li se yon jennonm 30 tan ki byen sosyab epi plen zanmi. Li renmen pase wikenn li ap gade foutbòl ak zanmi l, bwè byè epi aplodi ekip li renmen. Henry toujou ap ri, fè blag ak zanmi l; se pou sa li toujou gen yon figi timoun malgre laj li. Moun pa t vle kwè li gen trantan, se pou sa li kite yon pil bab pouse nan figi l pou montre li se yon gwo gason. Henry vle parèt pi gran ke jan l ye, sa ki etranj nan yon mond kote tout moun ap eseye parèt pi jèn. Men se konsa moun ye. Jèn yo vle sanble granmoun, granmoun yo vle sanble jèn. Pèsonn pa janm satisfè ak sa yo genyen. Paske li gen yon bèl wotè, Henry gen anpil konfyans nan tèt li epi li remakab, men pafwa li ta renmen pou moun pa wè l. Lè li te nan lekòl segondè, moun te toujou vin jwenn li lè yo te vle chwazi yon delege, yon prezidan klas, yon pòtpawòl. Pafwa, Henry te renmen sa, men pafwa pa tèlman akòz responsablite ki te vini ak wòl sa yo. Henry te fin bliye li te dwe voye lajan Ayiti e sa ki tapral fè l sonje se yon bagay trajik. Apre deblozay eleksyon yo, Henry te sispann pran nouvèl ki soti Ayiti paske li te bouke ak move nouvèl. Sanble peyi a t ap vin pi mal, e sèl regrè Henry te genyen se konvenk li pa t ka konvenk paran l yo vin jwenn ni Etazini. Henry te fèt Ayiti men yo te voye l byen bonè Etazini vin viv ak matant li Germita. Malgre li te grandi Etazini, Henry pale bon Kreyòl akoz pil vakans li pase Ayiti e paske li te kenbe kontak ak fanmi l. Henry renmen manje Ayisyen. Li renmen Ayiti e li te toujou planifye pou l pase rès vi li la. Men, chak fwa li te tande pale de ajitasyon politik, vyolans, ak toumant lakay, sa te fè l mal. Li t ap gen plis lapè nan lespri l si paran l yo te Etazini. Si yo t ap viv avè l. Li te kapab pran swen yo pèsonèlman. Li pa ta oblije voye lajan chak de semèn. Henry pa t kapab dòmi nuit sa a, li te atrap rimòt la epi limen televizyon an. Li t ap pase chèn. Chèn 10 t ap bay imaj manifestasyon vyolan ki te kontinye ap pase Ayiti. Deblozay. Dezòd. Henry vire sou Chèn 4, 6 ak 7, li jwenn menm vag move nouvèl la. CNN pa t diferan... Pandan l ap gade tele a, yon ti dòmi vòlè l. Telefòn Henry sonnen a 1è nan maten. Se te manman Henry nan telefòn lan. Li te gen yon vwa sonm. Menm vwa li te genyen apre tranblemanntè ann Ayiti lè li anonse Henry kay yo te tonbe. Legliz la te tonbe tou, li te di, li touye senkant moun ki te nan yon fineray. Ala yon lavi! Moun yo te antere anba dekonm yon legliz pandan y ap antere yon mò. Henry sonje tout sa pandan manman l t ap pale avè l nan telefòn. Li te gen menm vwa tranblemanntè sa a, sa ki fè Henry santi gen yon bagay terib ki te rive. "Henry, papa w mouri", li te di. Menm moman sa a, Henry sonje li pa t janm voye transfè lajan an bay papa l.

KONSÈNAN EKRIVEN AN

Jounalis, powèt epi nouvelis, Jonel Juste te fèt nan Pòtoprens nan dat 2 oktòb 1980. Apre kat ane kolaborasyon (2003-2007) nan jounal Le Nouvelliste (Pòtoprens, Ayiti), li te travèse nan magazin sosyokiltirèl Vues d'Haïti e li te travay pou Haiti Press Network, yon ajans nouvèl ki te popilè anpil sou Entènèt, kòm redaktè an chèf pandan katran (2007-2011). Avan sa li te fè yon ti pase nan jounal Le Matin la (2007) ak magazin kiltirèl Spotlight. Apre li fin antre Etazini an 2011, Jonel Juste te kolabore ak ajans nouvèl Entènèt Haiti Sentinel epi jounal Le Floridien nan Mayami. Pandan li te lekòl Miami-Dade College, jounalis la ki pa t bliye metye l te ekri nan jounal lekòl la, The Reporter. Li te kolabore tou pandan kèk tan ak jounal Ayisyen Le National, ki te pibliye ann Ayiti ak an Florid. Li te responsab yon ribrik sou Dyaspora a nan jounal sa a. Lè Jonel te kite Miami-Dade College, li te ale pousuiv etid li (Mass

Communications) nan Florida International University (FIU), youn nan pi gwo inivèsite nan Florid. Pandan li te la, li te pwofite kolabore ak Panther Now, jounal lekòl la. Jouk jodi a lap kontinye kolabore ak plizyè jounal ak ajans nouvèl tankou Artburst Miami. Li gen atik ki soti nan jounal Miami Herald, youn nan pi gwo jounal Etazini, ak Miami Times, dwayen jounal Florid yo.

Kòm ekriven, Jonel Juste ekri pwezi ak nouvèl, sa vle di istwa kout. Pandan kat ane (2000-2004), li te anime Atelye kreyasyon atistik Marcel Gilbert nan Bibliyotèk Justin Lhérisson nan komin Kafou, Pòtoprens. Nan lane 2000, li te gayan konkou Dictée des Amériques nan Pòtoprens e li tal reprezante Ayiti nan peyi Kanada. An 2002, li te youn nan gayan konkou pwezi Lekòl Nomal Siperyè te òganize. Powèm Jonel Juste ekri pibliye nan divès jounal, kit se ann Ayiti oubyen aletranje. Li gen tèks ki pibliye nan antoloji pwezi ki soti an Frans, Kanada, Etazini, ak sou plizyè sitwèb ki espesyalize nan zafè literati.

Jonel Juste pibliye an 2012 Carrefour de Nuit (pwezi ak nouvèl) sou fòm eBook (liv elektwonik) nan Edisyon Edilivre an Frans. An 2013, li pibliye Joseph Prince d'Egypte, yon liv kote li vèsifye istwa Jozèf nan Bib la. An 2019, li te pibliye plizyè liv sou Amazon tankou: Trois fois passé là (Nouvèl), The Watch (Nouvèl), I loved you before I knew your name (Pwezi), Haitian Hip Hop: From Top to Bottom (Esè). An 2020, Carrefour de Nuit soti sou fòm liv papye Nan Editions Marginales.

Jonel Juste ekri plizyè lòt liv tankou Solèy, Solèy (2020), premye liv li an kreyòl; Mémoire de Quarantaine (2021); Zanmi Angle (2022); Astres et Désastres (2022); ak Tout Syèl la Klere (2025). Li patisipe nan plizyè antoloji tankou Ral,m Cahier No 8 Haïti, ki soti an Frans an 2009, ak So Spoke the Earth (Ainsi Parla la Terre), ki pibliye nan Miami an 2012.

"Anba Syèl Ble a" se premye liv nouvèl oubyen istwa kout li ekri an Kreyòl.

ENGLISH

Under the Big Bright Blue

Jonel Juste

Published by Editions Marginales

Copyright © 2025 Jonel Juste

ISBN : 979-8-9862368-4-1

I dedicate this book to all those who believe that tomorrow can be better, that flowers can grow out of rocks and concrete, and that Haiti can change. To all those who will see the year 2050.

ALSO BY JONEL JUSTE

Poetry
Carrefour de Nuit, Paris, Les Editions Edilivre, 2012 (eBook)
Joseph, Prince d'Égypte, Miami, Kindle Direct Publishing, 2013
I Loved You Before I Knew Your Name, Miami, Kindle Direct Publishing, 2019
Solèy, Solèy, Editions Marginales, 2020
Carrefour de Nuit, Miami, Editions Marginales, 2021 (Print edition)
Astres et Désastres, Editions Marginales, 2022
Rèv Reve Reveye, Editions Marginales, 2025

Short Stories
Trois fois passé là, Miami, Kindle Direct Publishing, 2019
The Watch, Miami, Kindle Direct Publishing, 2019
Tout Syèl la Klere, Editions Marginales, 2025

Essays
Haitian Hip Hop: From Top to Bottom, Miami, Jonel Publishing, Inc, 2019
Zanmi Angle, Editions Marginales, 2022

Memoir
Mémoire de Quarantaine, Editions Marginales, 2021

Anthologies
Ral,m Cahier No 8 Haïti, Paris, Le Chasseur Abstrait, 2009
So Spoke the Earth (Ainsi Parla la Terre), Miami, WWOHD, 2012

INTRODUCTION

Under the Big Bright Blue is a collection of short stories written in Haitian Creole and English by Jonel Juste. These are everyday tales unfolding under the big bright blue sky, where earthlings swing back and forth, doing and undoing things. Among the stories is "All is Illuminated," set in the year 2050. It depicts a world radically transformed by a revolution in robotics and artificial intelligence, leading to massive unemployment and growing economic and social inequality in developed countries like the United States. Meanwhile, the tables have turned: Haiti has become a land of opportunity, attracting immigrants. Many of these new immigrants are white, desperately seeking a better life wherever they can find it, as their own countries have declined. One of them, Alexander, a Haitian doctor, returns home to work in Ouanaminthe, a rapidly developing city full of job opportunities. But will Alexander find what he's looking for in this new Haiti? This story invites readers to reflect on the future of humanity and the true meaning of progress.

ALL IS ILLUMINATED

It was the year 2050.

Alexander sat in the waiting room of Boston's Logan International Airport, watching the digital board flicker with gate numbers and times. His flight to Haiti was the last one of the day, and the room buzzed with passengers, about 150 of them, mostly white. He couldn't help but smile at the irony. He remembered 2010, the year the earth had shaken his country to its core. Back then, the planes to Haiti were also full of foreigners. They came with helmets and logos on their vests, ready to help, or so they said. Red Cross. UNICEF. Oxfam. Names that moved money more than people.

Haiti's misfortunes had become a gold rush, not for gold but for aid money. There were reports of homeless men from New York and Los Angeles flying to Port-au-Prince to chase that invisible river of dollars.

He remembered hearing stories. Foreigners pocketing thousands while doing nothing useful. One woman had even bragged about how she was getting rich in Haiti without doing much of anything. Just wearing the right logo.

After the earthquake, billions had been pledged. Countries opened their wallets. Celebrities sang songs. Wyclef Jean had gathered Hollywood's finest and remade "We Are the World" for Haiti. The United States alone promised four billion dollars. But few trusted the Haitian government. The money flowed through USAID and international NGOs. It moved from one foreign hand to another. Haitians got leftovers.

Journalist Jonathan Katz had written a book about it. *The Big Truck That Went By*. The world came to save Haiti, he wrote, and left behind another disaster.

Haiti struggled for decades after that. For thirty years, it clawed its way forward. Then, in 2035, things began to change. A new government brought back order. Foreign companies returned. Diaspora Haitians came home. Some opened clinics, others launched schools or farms. The government welcomed them. Bureaucratic walls were lowered. Investments rose. Haiti did not become rich, but it became liveable. People stopped fleeing. Tourists began arriving. The country started to breathe.

Now, in 2050, Alexander sat with a one-way ticket in his pocket. This time, he was not running away. He was heading toward something, a new beginning.

In 2010, he had fled. Now he was returning. And

beside him, white Americans were doing the same thing he once did. Looking for work. Hope had shifted. Haiti had jobs. America had robots.

Alexander remembered the first time he saw the future arrive. It was 2024. He was scrolling on his phone, watching a video. Elon Musk stood on a stage, sleek and smug, showing off a robot named Optimus. The machine looked like a person. It walked like a person. It could talk. It was filled with artificial intelligence.

People were amazed. This was not the stiff-limbed metal of old science fiction. This robot moved with a strange grace. It had no soul, yet it imitated life with eerie precision. It reminded many of the robots from the film "I, Robot." Some people were afraid. Others applauded.

Musk said the robot could cook, clean, serve as a companion, or lift boxes in warehouses. It could do everything a human could do, only faster, better, and without rest. No salaries. No sick days. No union dues.

It was the beginning of a revolution.

For the wealthy, it was a dream. A thirty-thousand-dollar investment that would never complain. For the poor, it was a silent terror. Workers who lived paycheck to paycheck began to disappear from the payroll. No one could compete. Machines worked nonstop. They did not eat. They did not sleep.

The robots did not rebel. They did not need to. They simply replaced.

Some feared violence. The future looked like Terminator to them. But the truth was quieter. No uprising. Just a slow erasure. Fewer cashiers. Fewer nurses. Fewer teachers. Then fewer doctors.

In Alexander's hospital, the process had already begun. One by one, staff were let go. Machines scanned patients. Robots filled prescriptions. Administrators became redundant. Then physicians.

So he found himself here, waiting for a plane back to Ouanaminthe. A friend had reached out. They needed real doctors. Human hands. Human eyes. No robots yet. Come home, the friend had said.

Outside the window, planes took off and landed. The sky was a patchwork of fading orange and steel gray. The lights of Boston flickered below like candles in the wind.

He remembered his arrival in the United States. He was in his twenties. He stayed with his aunt, in a crowded house with five cousins and a cousin's friend. He slept on the couch. He learned English. Found a small job in the school library. Studied to become a lab technician. Not because he had given up on medicine, but because he needed money. He later went back to medical school and graduated in 2030. He became a doctor.

He met Janine. She had migraines. He treated her with care. She returned even after the headaches were gone. Love, like a quiet fever, grew between consultations. They married in 2032. Had two children.

Now, Janine worked as a cyber-lawyer. She had a robotic assistant. Her greatest fear was not that the robot would malfunction, but that it would replace her altogether.

Their daughter, Aycha, made money online through adult content. Their son, Abid, dropped out of school to become a digital creator. Their house had become a gallery of screens. Alexander had become a ghost in it.

He was no longer the provider. He was an echo. They called him lazy. He felt invisible. He had applied for jobs. There were none left for him. The ones that did exist required skills he didn't have. Programming. Robotics. Quantum computing. He was a doctor, not a genius.

In his own home, he had no authority. His daughter once told him to shut up because he didn't pay bills. Janine said nothing. The silence between them was louder than any argument.

He did not just want to escape unemployment. He wanted to escape humiliation. He wanted to breathe. In Ouanaminthe, there would be no robots. Not yet. That was enough.

As he boarded the plane, he looked at the faces around him. He heard a few white passengers trying to speak Creole. Some were clumsy. Others spoke with a surprising ease. Maybe they had been to Haiti before. Maybe they followed Haitians online. One even had a YouTube show entirely in Creole.

Alexander smiled. Then frowned. These new migrants would be his competition. But at least he still had his language. And his roots.

When the plane rose into the sky, he looked down at Boston. Its lights twinkled like fireflies. He remembered his first steps in this city, the early days filled with hope. Now he was heading back to the island he once fled.

This time, he was not running away. He was returning to live.

And beneath him, in the clouds, the whole sky shone.

The landing was smooth.

A mechanical voice asked passengers to buckle their seatbelts. The cabin lights dimmed. No one clapped when the wheels touched Haitian soil. This was not Port-au-Prince. It was Ouanaminthe. A new kind of city. A symbol. A surprise.

Ouanaminthe had changed. It now had its own international airport. The city had become a hub, a magnet for tourists, a place where investment had found a new home. People whispered about the canal, built in 2024, that had transformed everything. Some called it a miracle. Others called it the beginning of a new national pride. There had even been talk of replacing the palm tree on the Haitian flag with the canal. That debate had burned for weeks on the airwaves. The palm tree survived, but the message was clear. Something had shifted.

When Alexander stepped off the plane, the smell of the land hit him first. Warm. Familiar. Earthy. It wrapped around him like a long-lost mother. He had not been to Haiti since his father died in 2040. Ten years of silence. Now he was back.

He did not own a house in Ouanaminthe. He had planned to stay at a hotel. A modern one, with air conditioning and clean sheets. But Alix, his old friend, had insisted. No hotels. You come home, you stay with me. That first night, they stayed up talking. About school days. About women they once loved. About the country they never stopped carrying in their bones.

In the morning, Alexander reported for work.

He had imagined a modest clinic. What he found was something else entirely. A hospital. Clean. Bright. Modern. Machines that reminded him of Boston. Nurses in crisp uniforms. Everything worked. Even the electricity.

He also saw them. The foreigners. Not tourists.

Professionals. Doctors. Nurses. Technicians. White coats and accents. He clenched his jaw but said nothing. The hospital had foreign money. That meant foreign presence. It was the rule. Not the exception. He got the job because Alix had pushed. Said the position should go to a Haitian. Just one. That was enough for now.

Alexander liked the work. The pay was less than in the United States. But the peace was worth more than any paycheck. No robots. No metal limbs. No artificial smiles. Just people. And air that smelled like mangoes.

He rediscovered the rhythm of the land. The way the morning sun fell on the tin roofs. The sound of birds that did not exist in Boston. The slow conversation of neighbors. He learned again how to breathe. All was illuminated.

He began to understand what he had become in America. A robot. Not made of wires, but of habits. Routines. Alarms. Notifications. Always running. Always rushing. Never pausing. The Haitian silence gave him back his thoughts. He realized he had been living without living. And now, he was awake.

He flew back to Boston once in a while. To see Janine. To see the children. But his soul stayed in Ouanaminthe. Every visit to the United States felt heavier. The same arguments. The same bills. The same resentment. His daughter still made money on adult platforms. His son still lived in front of a screen. His wife now shared a house with a robot that obeyed her better than he ever could.

He began to stay longer in Haiti. Sometimes, he thought about not going back at all.

Five years passed.

He built a life. He walked to work. He planted trees in his yard. He read poetry again. He made friends. He did not miss Boston.

Then one morning. He arrived at the hospital. A quiet day. The sun already high. He walked past the operating room and paused.

Something felt off.

He looked inside.

A figure stood over the patient. Steady. Silent. Almost human. Almost.

Alexander froze.

He stepped closer. His heart was beating hard now. The memories rushed back. The couch in Boston. The silence at dinner. The artificial laughter of Janine's assistant. The cold voice of his daughter. The blue light from the screens.

The cold figure turned.

It did not smile.

It simply continued its work. Precise. Clean. Tireless.

It was a robot.

The air was suddenly too thick to breathe.

Alexander passed out.

What's in the Hollow?

I remember something that happened to me once when I was in Lazil. I was just a child then. I must have been five or six years old. But before I tell you what happened that day, I need to explain how I ended up in Lazil a few years after I was born in Port-au-Prince.

I was born in Carrefour, one of the communes of the capital. I had three brothers, but one of them had died shortly before I was born. They told me his name was Valmir. I never knew his face. I cannot recall ever seeing him in a photograph. Perhaps he died too soon, before they could take one. But my mother always spoke to me about that brother I never met, and even today, his absence lingers in my mind like a mystery, a riddle without a solution. It was his death that led to them sending me to Lazil, to make sure I would not die like he did.

When my mother spoke of the dead child, there was always emotion in her voice. Which was only natural. He was her firstborn. I once asked her how my brother died. Her answer is something I have never forgotten. She told me Valmir's death was not ordinary. Not the kind sent by God, but the kind caused by men. Or by creatures of the night.

The neighborhood we lived in had a reputation for being haunted by werewolves. According to my mother, one of them had taken her child. That was what she believed. She even gave me the name of the werewolves, a name I cannot repeat here, just in case the person is still alive. It was a woman. A neighbor. Even after we returned to Port-au-Prince, my mother kept reminding me to greet her every time I passed in front of her house, just to avoid misfortune. So I always greeted her, though mostly out of fear.

My parents had come to the capital in the 1960s. They had started a family and begun building a house, little by little. They did not have the means to finish it all at once. It took time. The death of their first child devastated them. They did not want to take any risks with me. So they sent me away. Back to where they came from. Back to the countryside.

That is how I ended up in the care of my grandmother, Madame Sonson. She lived in a large house on several acres of land. It was a different world from Port-au-Prince, where people lived stacked on top of each other. The capital was growing. Many from the provinces were fleeing toward the city, hoping for a better life. Their animals had died, especially their creole pigs, wiped out by the swine fever campaign. The land no longer produced anything. And when a hurricane came through, it took what little they had left.

So people fled. Looking for a second chance. My parents were among them. They settled in Carrefour. But it was not easy. Not everyone welcomed them. Some neighbors made trouble. It was in that tension they lost their first child. That is why they sent me away. To save me.

I was sent to my maternal grandmother. I did not know her. I met her in Lazil. She was a lovely old woman who liked to dress well. Sometimes I wonder if that exile was a blessing. I spent some of the most beautiful years of my life in that countryside. I ran through fields bathed in sunlight, freedom, and morning dew. I could run as fast as my little legs would take me. I bathed in the river. I saw the sun rise and fall. I ate every kind of fruit. I think my childhood would have been very different if I had grown up in Port-au-Prince.

In the countryside, people bathed naked in the river as if nobody was watching. It was the age of innocence.

One big difference I noticed between the capital and Lazil was space. In Carrefour, we were surrounded by neighbors. In Lazil, you had to walk a long way before reaching the next house. We lived in a kind of solitude. Woken by roosters. Greeted by sunbeams sneaking into our rooms. We lived in peace, under the care of a grandmother who loved us deeply. Life made no demands on us.

And it was during that quiet life that the thing I

mentioned at the beginning happened.

In the large yard where we lived, there were many big trees. One of them fascinated me. It had a deep hollow in its trunk. As a curious child, I always wanted to know what was inside. My grandmother, knowing how restless I was, always told me not to go near it. Do not poke the hollow. Do not disturb it.

But whenever I asked her what was inside, she never answered. That made me even more determined to find out. You know how it is when you are a child. The moment they say do not, your soul burns to do it. It is something buried deep in our nature. Everything forbidden becomes more tempting. That is what happened with Adam and Eve. God said do not eat the fruit. And they ate it. That is where we got the habit. It is in our bones.

For me, it was not a fruit, but a tree. A beautiful tree. Tall. Majestic. I cannot remember what kind it was. Maybe a mapou. Maybe a gayak. All I remember is the hollow. People always say trees hide things. That they are not always innocent. This one had something in it. I could feel it.

I dreamt of that tree. Night after night. I could not rest. I had to know. The only way to find out was to take a stick and poke inside.

I had to wait for my chance. I could not do it while Grandmother was home. One day, she went out. I do not remember where. Maybe to the market. Maybe to the river or to church. That was my moment. I gathered my courage, took a stick, and walked toward the tree.

As I approached, I felt a voice in my ear. A whisper. Do not do it. But I did not listen. The mystery was too strong. I needed to solve it.

I lifted the stick and pushed it inside the hollow.

What do you think jumped out?

A giant toad.

It flew straight at me. I screamed. I nearly fell. I rolled, jumped to my feet, and ran for my life. As I ran, I swear I heard a voice laughing behind me. Loud and clear. It said, I warned you. You are too nosy. That is what you get.

That experience marked me. To this day, I have never forgotten the lesson. People were right. That tree was not innocent. It had something inside it. A big, ugly toad. I never found out where the toad went. Maybe it returned to the hollow. Maybe it found a new home.

I do not remember if I ever told my grandmother what happened. I doubt it. I was too ashamed. And afraid she might hit me for disobeying her.

Since that day, I respect every hollow I see in a tree. I never poke them. You never know. It might be another evil toad.

A LUCKY ESCAPE

I remember the crash with startling clarity. I was there. The sun was setting, and the sky was on fire. The horizon blazed red. The taptap was speeding straight down Delmas road in Port-au-Prince. As we reached the roundabout, the vehicle turned. I looked out the window and saw a huge truck barreling toward us with full force. I heard a single horn blast that pierced my skull. Then a sound. The sound of everything breaking. One violent, unrelenting blow.

I remember it well. You do not forget things like that. Escaping such a massacre. That does not fade. Arms and legs flew in every direction like cards tossed to the wind. Heads rolled across the asphalt like wandering stars, unsure of their orbit. Bodies shattered. The sun bathed in blood. Its light, bruised and streaked with sorrow, bled rainbows. The air filled with screams. The street hemorrhaged. And once again, the earth opened its mouth to sip from the cursed goblet of death.

I was there. I saw it. I was a witness. And still, I could not believe it. I could not believe I was the only one who made it out alive. The only one who slipped through the claws of Mr Death. I was stunned to be breathing.

Was it a miracle? An invisible camera? Was memory playing tricks on me? Some cruel prank of mischievous spirits? Was I suspended between life and death? I do not know. My memory swims, trying to rise from the swamp of confusion. I cannot tell if I am above or below. I know nothing. All I know is I got lucky.

That morning, I had planned to rise before dawn to greet the sun. After that, my day would unfold as usual: going to the university, doing research in the faculty library, attending classes at the Institute of Modern Languages. Then in the evening, I would meet my girlfriend Hélène, spend time in her presence, and lose myself in the deep of her eyes like a ship sinking into the ocean.

From the day we met, I had been in love with her eyes. The way she looked at me. When she looked at me, I felt myself traveling to a country I would never return from. We could sit in silence for minutes, saying nothing, because I was lost in her gaze, overwhelmed by it, forgetting where I came from, forgetting where I was going.

Inside the taptap, people were packed tight. Body on body. Legs over legs. People sat on each other.

Words began to flow, tongues loosened. Taptaps are where the latest gossip simmers, where the juiciest rumors are passed like bread. People talked about what they knew and what they didn't. They talked about the price of life and the cost of death. They talked about the roads, about reckless drivers nobody knew where they had learned to drive. They talked about love. Haitians always talk about love. Such a sentimental people.

One passenger said Carl had just divorced his latest wife. Lambert was on his tenth mistress. He swore he would lift the skirts of every woman in the country. That Judith, she was scandalous. Jolibwa was no better. Little Ismène had just gotten pregnant by Pastor Grancon's son, but instead of celebrating the wedding, the pastor sent his son into hiding overseas. The girl's parents were from the Artibonite and they had sworn they would get their revenge.

I had planned everything for the day. Everything except the accident. This brutal interruption. This sudden chaos. This massacre that left me, miraculously, the only one standing. I saw a crowd gathering. I did not understand what was happening. It felt as though time had stopped. Life had frozen in mid-frame. People shouted. Accusations flew. Against the government. Against the driver. Too late. Always too late. Cries filled the air. People shook their heads. Covered their faces. Clenched their fists.

I stood there, watching the scene. Then slipped through the crowd, looking for a way out. I raised both arms as if I were in the middle of some tight, pressing carnival. I twisted my body through the corners of eternity, exhaling breath, moaning into the night, and threw myself into the dark. I disappeared into the folds of the invisible.

Since the crash left me midway to my destination, I decided to walk the rest of the way. I like walking in Port-au-Prince. Especially at night. Especially after escaping the jaws of death. I like crossing the city, slicing it open, dissecting it. Port-au-Prince is a sleepwalk city. A city that dies and reignites. It is here, and not here. A miraculous city.

It dances on the edge of cliffs, flips across the mouth of the abyss, gives you palpitations. It teeters, then straightens. In the daylight, Port-au-Prince cries out, groans, rages, crackles with echoes. At night, it dances the pachanga. It sings every song, dances every dance, beats every drum, strums every guitar. Its voice comes to us like scattered rain. It hides in shadowy corridors where it makes mischief and laughs like a lunatic.

The streets of Port-au-Prince moan with pleasure. The streets of Port-au-Prince move on their own. In this country, in the middle of the night, the streets shift. They change direction. They go mad. Strange things happen in these streets, stories no one would believe. This city is thick with secrets. Coups that almost happened. Murders. Betrayals. Mysteries piled high.

Like a hawk swooping down on a chick, night fell on the city and everything went dark. The hawk of darkness pounced on the light. And I stood there like a ghost, like a wandering soul lost on the Milky Way. Lost in the corridors of Port-au-Prince like a stray dog, I crossed paths with all kinds of creatures, all kinds of people. Because it was midnight, the hour of the unworthy.

But I did not flinch. It was as if nothing mattered anymore. I was not afraid. I did not care. I gave up. Gave up like a camel lost in the ocean. Gave up like a shark beached in a desert. Gave up like a corpse resting in death. Gave up like broken earth. Gave up like a cemetery. Gave up like the swell of the sea crashing along the shore.

This afternoon, on Delmas road, a terrible accident occurred. A huge eighteen-wheel truck flattened a small taptap at the curve of the roundabout. Result: fourteen people dead. No one survived. Except the truck driver, who fled to escape the wrath of the sovereign people who sought to end him on the spot.

Did I hear that correctly? No one survived? No one? No one at all?

Is memory playing tricks on me? Is this some awful joke from mischievous spirits? Am I caught between life and death? I do not know. My memory is swimming, struggling to break free of the mud of confusion. I cannot tell if I am up or down. I knock on the door of life. I beg my memory for an explanation. I ask the archives. Is this an impossible dream? I do not know. I know nothing.

But this I do know.

I got lucky.

My Father's Watch

Every morning, I would watch my father slip on his Cartier watch with satisfaction and pride. Sometimes he would look at it as if he feared it might vanish off his wrist. He had received this gift from my mother, and he loved it dearly, just as he loved her. My mother gave him that beautiful treasure to celebrate their tenth wedding anniversary, and he never stopped talking about it. It truly was a marvel, a small technological jewel. I became jealous. I would constantly ask my mother to buy me a little plastic watch, but she always said no. I grew jealous and angry. I thought she did not love me as much as she loved my father, and secretly, I wished the watch would be stolen and disappear forever.

Now, thinking back, I realize I was trying to steal something more precious than an expensive watch. I wanted to steal love. Yes, my mother's love for my father. After he received that watch, he was radiant. He smiled constantly. He never took the jewel off his wrist. So I began searching for the right moment to steal his joy. I prayed for the day he would take it off.

One day, he did. I do not know why. Maybe he wanted to clean it. Maybe something needed repair. I cannot say. But my prayer had gone up and grace had come down. My father forgot his precious treasure on the kitchen counter. When I saw it, I immediately took it and ran outside. Later, they said that when he came back and noticed it was gone, he started to cry. I would have paid money to see a grown man cry. I truly believe that loss stayed with him for the rest of his life, and I regret what I did to this day.

The twist of it all is that after I stole the watch and while I was walking down the street, it was stolen from me. I strutted down the street like a king. I kept glancing at my wrist just to show it off. Two policemen were watching me like I had stolen the watch. Imagine a twelve-year-old boy walking through the streets of Port-au-Prince wearing a big Cartier watch on his wrist.

I wish the police had arrested me that day. If they had, my father would still have his treasure. They did not stop me. They said nothing. But I drew attention from others who did not like my display. Bad people. Thieves. They came up and started asking questions, asking where I got it from. They told me to hand it over. I refused. They beat me, took the watch, and ran off. In truth, I was heartbroken. I had started to love that watch, though I never had the chance to enjoy it the way my father did.

That day, I went home. When they questioned me about the disappearance of the watch, I lied without blinking. After all, I got what I wanted. My father would never see his jewel again. My jealousy was satisfied, even though I barely got to enjoy the watch. For one reason or another, no one ever suspected me. But one of my brothers took a terrible beating because one day he made a joke and said he was going to steal the watch. That was all it took. Everyone thought it was him, though he never stopped proclaiming his innocence. After they beat him, the matter died down. The case was closed. But they never truly forgot the watch.

Sometimes, when my brothers or I did something wrong, my father would bring it up again. The bitterness lingered. He remained agitated, always quick to anger. Sometimes he would argue fiercely with my mother. Sometimes he would beat us for no reason, just to remind us that he would never forgive what had happened.

I grew up. I matured. I became a man. I had children of my own. I was always afraid they would one day deceive me the way I had once deceived my father. Over time, I forgave my mother. I was no longer jealous of my father. Looking back now, I realize how foolish I was to try to steal someone's love. I was jealous of someone else's joy. Worse still, my own father's. I was ashamed of myself.

If I could go back, I would never have taken that watch. I would return it to its rightful owner and confess everything. I would tell him how cruel and selfish I had been. If only those policemen had arrested me before the thieves took the watch, I believe life would have turned out differently for all of us.

Thirty years later, I am a grown man, a husband, a father. I have become my father. I wonder how I would react if my own child did something like that to me.

I wish I could go back. But I cannot.

I wanted to ask my father for forgiveness. My father, who is now an old man and has never forgotten his treasure. One day, while walking past a jewelry store with beautiful watches on display, an idea flashed through my mind. I bought the same watch I once stole. I brought it to my father, and I told him everything.

We both cried.

THE CRICKET AND THE ANT IN THE 21ST CENTURY

Cricket and Ant were good friends. They would often meet up to share a beer and trade stories. But the two companions had very different personalities. Ant was a hard worker. Cricket, on the other hand, was a carefree spirit, a singer, an artist. While Ant worked around the clock, Cricket preferred to go to clubs, to dance, to sing, to party with his pleasure-seeking friends until the break of dawn.

One day, Ant told his friend that he needed to stop living like that and find a serious job. "I won't always be here to lend you the money I work so hard to earn," Ant said. "Besides, you already owe me a lot. When will you pay me back?"

"You know, I'm an artist," Cricket replied. "One day the whole world will recognize my talent. I'll be rich, I'll be famous, and I'll pay you back. I promise."

"Sure," said Ant. "Keep dreaming. Do not bother looking for a job. Lazy as ever."

Years passed, and a great recession struck the

country. Everything became difficult for everyone except Ant, who had saved enough money to get through the hard times. Cricket, who knew his friend had some savings, called him to ask for help.

"I will pay you back with interest," he said.

"Really?" Ant answered in a voice that made it clear he had no intention of helping his old friend during his time of need. "Remember I told you one day I would be done with you. That day has come, my friend. You were singing. I was happy for you. Now go ahead and dance."

Then he hung up on him.

Time passed. Ant never heard from Cricket again, and truthfully, he did not care whether he was alive or dead. Meanwhile, Ant's savings began to dwindle. The crisis hit harder than expected and swallowed everything the hardworking insect had stored away. To make matters worse, he lost his job at the company where he worked. Most employees were laid off to reduce costs.

Now Ant was looking for work, which was not easy in those days. His car was repossessed, and he was on the verge of losing his home. One day, as he was pushing open the glass doors of a large corporation for a job interview, he noticed a white limousine parked in front of the entrance. He paused for a moment to see who would come out.

To his astonishment, it was his old friend Cricket,

stepping out of the luxury car wearing a fur coat and dark sunglasses. Cricket, who held no grudge, recognized Ant immediately. He rushed over to him and gave him a warm embrace.

"Look at you," Ant said. "You shine like a star. What happened?"

"I won a million dollars in the 'SuperStar' singing contest. Then I won another million in the 'Dancing Under the Stars' competition. I told you one day the world would recognize my talent," Cricket replied. "I just released my first album. I'm touring in the United States and Europe. I even acted in a film that was nominated for an Oscar. Things are going really well for me."

"Seriously?" Ant replied, his voice a little shaky.

"Tell me about you," Cricket asked.

"Well, I recently lost my job and now I'm looking for work. I just came from an interview in this company."

"Really?" Cricket said. "Well, my friend, today is your lucky day. The president of this company is a friend of mine, and he owes me a favor. Do not worry. This job is yours."

"And on top of that," Cricket added, "here is a check for fifteen thousand dollars for the money I owed you. I told you I would pay you back. Here is my business card. If you ever need anything, do not hesitate to call me, my friend."

After Cricket left, Ant felt grateful, but also deeply ashamed. As he sat on the train home, he began to cry. No one on the train knew why he was crying, except you and me.

Moral of the story: Do not act with cruelty like Ant. And learn to sing and dance like Cricket.

THE INTERVIEW

William walked the streets of Port-au-Prince drenched in blood. His clothing was soaked red and the color dripped from his hair. The entire city seemed to notice. In the capital of Haiti, no one could ignore a man who walked through town as if blood were a normal garment. Blood belonged inside the body, not splattered across it. People wore clothes, smiles, watches, jewelry, performances of composure—never blood. Yet William moved among them like a ghost or perhaps one of the dead who had escaped from the funeral parlor.

In Haiti, the dead do not always stay dead. Some are only sleeping, paralyzed by a mysterious powder that stops their breath and stills their heart. Doctors pronounce them dead, but life pulses faintly beneath. When the powder wears off, they awaken, wake from a tomb in the night, drowned in confusion. These so-called zombies are not in films, not the flesh-hungry undead. They are enslaved bodies dug from graves, forced to labor on plantations under moonlight. Sometimes they escape, still bleeding, and the city trembles at the tale for days. William was no zombie, yet he too had escaped death that dreadful afternoon.

William worked at *Le National*, the only newspaper

still publishing. One morning he learned that a violent incident had erupted in Arcahaie, small town outside Port-au-Prince. The newsroom needed coverage, fast, and the editor assigned him the story. The assignment meant a weekend away—an Arcahaie trip William did not want to take. He feared for his life because he had heard that police officers had already died in the disturbance. He also feared missing the weekend with Alicia, his new romantic interest from Bel Air.

Bel Air had once been a posh neighborhood for the wealthy, but now it was a dangerous zone. Still, love has its own path. William lied to his editor. He said that Toupak, the gang boss of Bel Air, had agreed to a major interview the following weekend and wanted to set the record straight about a massacre. He promised an exclusive scoop. The editor hesitated but decided the story could boost sales. He agreed to let William meet with the gang leader. "Come back alive," the editor said one last time.

William left the newsroom with a grin, thinking he had outwitted them. He called Alicia to tell her how he had tricked his boss so he could come see her. They laughed together over the phone.

 On Saturday night he drove to Bel Air, imagining a wonderful evening with wine, music, and her presence. When he arrived, a sleek white Jeep was parked outside her home. Before entering, he checked his phone. He had missed multiple calls from Alicia. The phone had been on silent, and the car stereo blared loud music. He remembered the song was "Vas⁻y Franky, c'est bon" (Go on Franky, that's sweet) by Franky Vincent, but he had changed the name to his own.

He knocked on the door, and Alicia opened it tentatively. Her face bore terror. She blocked him from entering. William asked what was going on. She said she had tried to call to cancel their date. Then a male voice emerged from inside the house and asked, with anger, "Babe, who are you talking to?". William demanded who was calling Alicia, his Alicia, his sweet baby girl, "babe" from inside the house. Despite Alicia pleading, Will pushed past her into the living room. There, standing face to face with him, was Toupak, the gang leader he had claimed he would interview. The interview took place all right, but it was brutal. It took place with no words but bullets.

Toupak drew his gun and opened fire. Bullets ripped through the room. William ran for his life. He fled, leaving his car behind, while gunfire echoed in his ears like a chorus of curses. When he finally reached a safe place, he noticed the blood soaked through his clothing. A bullet had punctured his left shoulder. His body trembled, red and alive. He was alive. That single fact offered a sharp relief.

As he walked slowly on the streets of Port-au-Prince, bleeding and breathless, he thought of the car lost, the love destroyed, the humiliation endured. He wondered what story he would tell his editor about the shoulder wound and the interview. What truth would he invent to replace the one he had failed to write?

MONEY TRANSFER

Henry glanced at his smartwatch while scanning his daily agenda. He hated forgetting anything, so he would often steal a quick look at the schedule to make sure nothing slipped through. For Henry, a good day only came after he had checked off everything he had planned. That was his rule. And today, he had forgotten something important. He had not sent money to his father in Haiti. He could still do it tomorrow, of course, but tomorrow was not the day he had assigned for the task. Henry liked things done exactly as they were written down.

Henry Charles, tall, broad, bald, with a full beard framing his face, was a Haitian American whose parents still lived in Haiti. From time to time, he would visit them. He had tried several times to bring them to the United States, but they had refused. They said they were too old to come suffer the stress of life in America.

It had been three months since Henry last sent a cent to his father. The money transfer was important because his father often complained that Henry loved his mother more than him. Henry sent his mother money every month, but rarely did the same for his father. Psychologists say that boys tend to favor their mothers and girls gravitate toward their fathers.

Henry's father often regretted never having a daughter. Instead, he had three sons. Two of them lived abroad, the third remained in Haiti. The eldest, Georges, lived in Texas with his wife and three daughters. The weight of his own family prevented him from helping the parents. The youngest, still in Haiti, had responsibilities of his own. Henry was in the middle, unmarried, with fewer burdens. He loved women but said he was not yet ready for marriage.

The truth was, Henry had been searching for a woman who resembled his mother. Some experts say men often marry women who remind them of their mothers, just as women are often drawn to men who share traits with their fathers. Henry had seen a young woman at work who looked exactly like his mother when she was young. Her name was Juliette. He sent her a friend request on Facebook, and she accepted. When he compared her profile photo with an old picture of his mother, he was stunned. They looked alike. But Henry never told Juliette.

He knew the risks of telling a woman she looked like his mother. You never knew how she might take it. She might be flattered, or she might feel insulted, depending on what your mother looked like. So Henry kept his mouth shut.

Sadly for Henry, he learned that Juliette was already engaged. And the way he found out was humiliating. One day, Juliette posted a photo on her profile. Hundreds of friends congratulated her in the comments. Henry, unaware, saw an opportunity to flirt beneath the post. He left a romantic comment with heart emojis. A big mistake. Juliette's fiancé saw the comment and replied directly to Henry, telling him to leave his fiancée alone. A public embarrassment. Henry was mortified. He had dreamed of the day he could introduce Juliette to his mother, of seeing both their faces light up. That dream was dead. At least, it would never come true with Juliette.

As the days passed, Henry completely forgot about sending money to his father. A series of events at work had thrown off his daily routine and disrupted his schedule. The company where he worked had just merged with another. His job was on the line. The only reason he wasn't fired was because they needed a Haitian American who spoke Creole to serve their Haitian clients. Henry was relieved that he had never rejected his native language like so many Haitian Americans. And because he had often taken the lead in the office, he even received a promotion.

There is a French proverb that says, "Unlucky in love, lucky at cards." Meaning, if love fails you, luck may visit you in other forms, money, success, opportunity. Henry had lost Juliette, but he now had a higher salary. That should compensate for the sentimental loss.

Meanwhile, in Haiti, things had taken a turn for the worse. The political situation had spiraled out of control. The presidential elections had brought violence and unrest after the sitting president tried to rig the results and install his chosen successor. The opposition, composed of all the other candidates, organized daily protests against the fraudulent result. Port-au-Prince fell into chaos. Stores closed. Markets shut down. People could not buy food. As always, the poor and the elderly suffered most.

There is no retirement plan in Haiti. No pensions. Parents live off the generosity of their children abroad or the rare luck of a job. Their children are their bank accounts. Henry did not intentionally neglect to send money. Perhaps the turmoil in his own emotional and financial life distracted him. He was, after all, a good man, a kind son. Thirty years old, sociable, surrounded by friends. He loved to spend weekends watching football, drinking beer, laughing with his buddies. His laughter made him look young. So young, people often doubted his age. That was one reason he let his beard grow, to look more mature.

Strangely enough, in a world obsessed with looking younger, Henry wanted to look older. That was how things were. The young want to seem grown. The grown want to feel young. No one is satisfied with what they are.

With his height and natural presence, Henry stood

out, though sometimes he wished to disappear. In high school, he had often been chosen for leadership roles, class delegate, president, spokesperson. He sometimes enjoyed it, but sometimes resented the weight.

The money transfer had completely slipped his mind. It would take something tragic to make him remember. After the election unrest, Henry had stopped following the news from Haiti. He was tired of bad news. The country seemed to sink deeper into misery, and his only regret was not convincing his parents to move to the States. He was born in Haiti but had been sent early to the US to live with his aunt Germita. Despite growing up in America, Henry spoke fluent Creole, thanks to many summers spent in Haiti and regular contact with family. He loved Haitian food. He loved Haiti. He had always dreamed of retiring there. But the violence, the instability, the fear, each time he heard about it, it broke his heart. He would feel more peace if his parents lived with him. He could care for them himself. No more wire transfers every two weeks.

He couldn't sleep that night. He grabbed the remote and turned on the TV. He flipped through channels. Channel 10 showed images of protests in Port-au-Prince. Fires, shootings, tear gas. He tried Channel 4, 6, and 7. Same wave of darkness. CNN was no better. As he watched, sleep stole over him.

The phone rang at 1 a.m. It was his mother. Her

voice was low, almost inaudible. It was the same tone she had used after the earthquake in Haiti when she called to say the house had fallen. The church had collapsed too, she had said, killing fifty mourners during a funeral. What a life. The buried buried alive. Henry remembered all that as his mother spoke. That tremor in her voice. He knew something terrible had happened.

"Henry," she said, "your father is dead."

Right then, at that very moment, Henry remembered that he had never sent the money.

Here is the English translation of the "About the Author" section, in full sentences and literary paragraph structure, with no dashes:

ABOUT THE AUTHOR

Jonel Juste is a journalist, poet, and short story writer born in Port-au-Prince on October 2, 1980. After four years of collaboration (2003–2007) with *Le Nouvelliste*, Haiti's most prominent daily newspaper, he moved on to the socio-cultural magazine *Vues d'Haïti* and later served as editor-in-chief of *Haiti Press Network*, a widely read online news agency, from 2007 to 2011. Before that, he briefly worked with *Le Matin* newspaper and the cultural magazine *Spotlight*. After moving to the United States in 2011, Jonel contributed to the *Haiti Sentinel*, an online platform, and to *Le Floridien*, a Haitian community newspaper based in Miami. While studying at Miami Dade College, he kept writing and became a contributor to the college paper, *The Reporter*. He also worked for *Le National*, a Haitian newspaper published both in Haiti and Florida, where he was responsible for a column focused on the Haitian diaspora.

After completing his studies at Miami Dade College, Jonel pursued a degree in Mass Communications at Florida International University, one of Florida's largest universities. While there, he contributed to the university newspaper *Panther Now*. To this day, he continues to collaborate with various media outlets and news agencies including *Artburst Miami*. His articles have appeared in major publications such as *The Miami*

Herald and *The Miami Times*, Florida's oldest Black-owned newspaper.

As a writer, Jonel Juste produces poetry and short stories. From 2000 to 2004, he led the Marcel Gilbert Artistic Creation Workshop at the Justin Lhérisson Library in Carrefour, a commune of Port-au-Prince. In 2000, he won the *Dictée des Amériques* contest in Port-au-Prince and represented Haiti in Canada. In 2002, he was among the winners of a poetry competition organized by the École Normale Supérieure. His poems have been published in various newspapers both in Haiti and abroad. His writings also appear in anthologies published in France, Canada, the United States, and on literary websites.

In 2012, he published *Carrefour de Nuit*, a collection of poems and short stories, as an eBook with Éditions Edilivre in France. In 2013, he published *Joseph, Prince d'Égypte*, a poetic retelling of the biblical story of Joseph. In 2019, he released several books on Amazon, including the short story collections *Trois fois passé là* and *The Watch*, the poetry collection *I Loved You Before I Knew Your Name*, and the essay *Haitian Hip Hop: From Top to Bottom*. In 2020, *Carrefour de Nuit* was republished as a print edition by *Éditions Marginales*.

Jonel Juste has also authored several other works including *Solèy, Solèy* (2020), his first book written in Haitian Creole, *Mémoire de Quarantaine* (2021), *Zanmi Angle* (2022), *Astres et Désastres* (2022), and *Tout Syèl la Klere* (2025). He has contributed to multiple anthologies, such as *Ral'm Cahier No 8 Haïti* published in France in 2009, and *So Spoke the Earth (Ainsi Parla la Terre)* published in Miami in 2012.